zauberhafte
Dieses Buch gehört:

KJB

© privat

Nelly Möhle liebte es als Kind, durch den riesigen Garten ihrer Großeltern zu streifen und sich Geschichten auszudenken. Zwischen Rosenranken und geheimnisvollen Tannen ließ sie ihrer Phantasie freien Lauf, und irgendwann begann sie, ihre Geschichten aufzuschreiben. ›Der Zaubergarten – Geheimnisse sind blau‹ ist Nelly Möhles Debüt und so überbordend und fröhlich wie ein bunter Blumengarten. Die Autorin lebt mit ihrer Familie, einem Hund und einer hundertjährigen Schildkröte in Offenburg.

© Klaus Renner

Eva Schöffmann-Davidov, Jahrgang 1973, ist eine der renommiertesten Kinder- und Jugendbuchillustratorinnen Deutschlands. Nach ihrem Studium an der Fachhochschule für Gestaltung in Augsburg machte sie sich in der Kinder- und Jugendliteratur schnell einen Namen und gewann zahlreiche Preise für ihre Gestaltungen. Als Fachhochschuldozentin gab sie ihr Wissen auch an junge Künstler weiter. Heute illustriert sie Kinderbuchserien und Jugendbücher unter anderem von Bestsellerautoren wie Kerstin Gier oder Tanya Stewner. Die Illustratorin lebt mit ihrer Familie in Augsburg..

Weitere Informationen zum Kinder- und Jugendbuchprogramm der S. Fischer Verlage gibt es unter *www.fischerverlage.de*

Nelly Möhle

Der Zaubergarten

Geheimnisse sind blau

Mit Bildern von

Eva Schöffmann-Davidov

KJB

Zu diesem Buch ist bei Hörbuch Hamburg ein Hörbuch erschienen, das im Buchhandel erhältlich ist.

Für Lilly und Louis

FSC www.fsc.org
MIX
Papier aus verantwortungsvollen Quellen
FSC® C083411

Dieses Werk wurde vermittelt durch die
Michael Meller Literary Agency GmbH, München
Umschlaggestaltung: Eva Schöffmann-Davidov,
unter Mitarbeit von MT-Vreden
Umschlagillustration: Eva Schöffmann-Davidov
Satz: Dörlemann Satz, Lemförde
Druck und Bindung: CPI books GmbH, Leck
Printed in Germany
ISBN 978-3-7373-4142-4

Inhalt

Der verbotene Garten 9

Entwischt! 35

Zauberei 45

Haarige Begegnung 64

Alles geht schief 75

Erkundungen 91

Verfolgt 114

In der Nacht 128

Aufgeflogen 145

Herr Bovist 170

Die Zauberblumen 189

Der Auftrag 203

Hallo! Ich bin Tilda. Und ich möchte dir eine unglaubliche Geschichte erzählen. Meine Geschichte ist nicht nur unglaublich. Sie ist mir, besser gesagt uns, wirklich genau so passiert!

Es war der letzte Samstag im Mai, also vor noch nicht einmal einem Monat. Ich stand am Küchenfenster und sammelte die toten Fliegen auf dem Fensterbrett ein. Eine fürchterliche Langeweile hatte mich gepackt. Normalerweise hätte ich mich an so einem Tag mit meiner besten Freundin Lea verabredet. Aber das ging nicht mehr. Denn die wohnte jetzt in einer anderen Stadt, weit, weit weg.

»*Matilda!*« Mama musste im Flur sein. »Tilda-Schatz, ich hab hier jemanden für dich!«

Das Haar des Mädchens, das Mama im nächsten Moment in die Küche schob, glänzte wie das schwarze Fell eines Panthers.

»Anni ist die Tochter meiner alten Freundin Renate. Die beiden sind erst letzte Woche zurück in die Stadt gezogen

und wohnen gleich um die Ecke«, teilte mir Mama freudig mit. »Renate hat noch *so viel* zu erledigen, und da dachte ich, ihr beiden könntet so lange zusammen spielen.«

Aha.

»Hallo!«, sagte das Panther-Mädchen und grinste mich mit ihrem großen Mund lustig an.

»Ihr seid auch noch gleich alt! Womöglich kommt Anni in deine Klasse!«, rief Mama und freute sich wie verrückt. Sie schob Anni ein Stück in meine Richtung. »Du wolltest doch mit den Zwillingen zum Schuppen gehen, Tilda. Den würde Anni sich bestimmt gern anschauen!«

Mama zwinkerte mir zu. Und verschwand durch die Küchentür.

Ich wusste immer noch nicht, was ich sagen sollte. Anni wickelte sich eine ihrer Haarsträhnen um den Finger. So lange schwarze und wunderschöne Schneewittchenhaare hatte ich mir immer gewünscht. Meine Locken sind braunblond gemischt. Wie der Pudel von Frau Rössel, sagt mein Bruder Finn. Das stimmt aber nicht, weil der Pudel immer geschoren wird, während meine Locken wachsen, seit ich aus Mamas Bauch gekrochen bin!

Aber gut.

»Willst du mit in unser Geheimversteck?«, fragte ich schließlich.

»Klar!«, sagte Anni.

»Aber meine älteren Brüder Finn und Jonas gehen auch mit«, warnte ich sie.

»Super!«

Die hatte wohl keine Brüder.

Egal. Ein gleichaltriges Mädchen, das aussieht wie ein Panther und grinst wie Pippi Langstrumpf, konnte so verkehrt nicht sein.

Zu viert machten wir uns wenig später auf den Weg zu unserem Geheimversteck.

Unser Schuppen steht im Garten von Oma und Opa, nur eine Straße weiter.

Finn und Jonas hatten den Fußball mitgenommen und kickten ihn hin und her.

»Die beiden sehen ja absolut gleich aus«, sagte Anni.

»Ja, schon. *Ich* kann sie leicht auseinanderhalten. Weil sie total unterschiedlich *sind*: Finn ist wie ein Löwe. So ein Löwenmännchen habe ich im Fernsehen gesehen. Er denkt, er ist der Allerstärkste. Und er reißt sein Maul zum Brüllen ganz weit auf!«

Anni sagte: »Er hat auch eine Mähne wie ein Löwe.«

»Und Jonas ist ein Leopard. Ein Leopard ist leise und geschmeidig«, klärte ich Anni auf.

»Du magst Tiere«, stellte Anni fest.

»Ich liebe Raubkatzen!«, sagte ich. »Und alle anderen Tiere auch. Außer Zecken. Zecken finde ich total eklig!«

Ich liebe wirklich alle Tiere, selbst Läuse. Von denen habe ich mal welche aus der Schule mitgebracht. Papa musste uns allen eine stinkige Paste in die Haare schmieren und Plastiktüten auf den Kopf setzen. Selbst Mama und Papa hatten eine Tüte auf. Und wir durften alle einen Tag zu Hause bleiben und Spiele machen. Schön war das.

Wieder lachte Anni. Sie holte ihr Lachen ganz tief aus dem Bauch heraus. *Hohohooo*! Fast wie der Weihnachtsmann.

Meine Brüder lachten nicht mehr.

»Kannst du nicht ein einziges Mal gerade schießen?«, meckerte Jonas.

»Mein Schuss ist wie immer genial! Dein *Babyball* eiert!«, rief Finn.

Inzwischen waren wir in der Scheffelstraße 14 angekommen. Neben dem Haus von Oma und Opa schlüpften wir durch das versteckte Gartentörchen.

Anni staunte: »Das ist ja ein Park. Sogar Wege gibt es hier!«

»Und alle Wege enden bei unserem Schuppen«, sagte ich.

Ich bin immer richtig stolz auf den Garten. Obwohl er mir ja gar nicht gehört. Er ist riesig und mit vielen uralten Bäumen und Büschen bewachsen. Und zwischen all den Bäumen und Büschen gibt es immer wieder kleine Grasflächen und Blumenbeete und Bänke, auf denen Oma sich ausruhen kann.

Opa ist besonders stolz auf seinen Rosengarten. Er hat ihn vor unzähligen Jahren angelegt. Papa sagt, allein Opas Rosengarten ist so groß wie unser gesamtes Reihenhausgrundstück.

Jedenfalls steht hinter all den Rosen und Sträuchern und Bäumen, direkt an der großen Gartenmauer, unser Schuppen. Opa hat ihn uns geschenkt.

Wir nahmen den linken Gartenweg an der großen Steinmauer entlang. Meine Brüder stritten sich inzwischen wie verrückt.

»*Du* bekommst keinen einzigen Schuss gerade hin«, rief Finn gerade. Er kickte den Ball gegen die Mauer und fing ihn wieder auf.

»Gib den Ball her!«, schrie Jonas.

»Hol ihn dir doch, du Zwerg!«, äffte Finn und hob den Ball mit gestreckten Armen über den Kopf.

Jonas stürmte los. Aber Finn war schneller. Er ließ den Ball fallen und schoss ihn – *plopp!* – in hohem Bogen über die Mauer in das verwilderte Nachbargrundstück.

»*Du Knallfrosch!*«, brüllte Jonas. »Der war teuer! Den holst du wieder!«

Finn glotzte immer noch dem Ball hinterher. »Äh«, sagte er schließlich. »Jetzt hab ich mich echt mal verschossen!«

Jonas' Gesicht war knallrot, und die hellblonden Haare standen wild ab. »Mir grad egal, du mieser Torschützenkönig! Hol mir den WM-Ball wieder! Sonst passiert was Schreckliches, ich schwör es!«

Finn knabberte an seinem Daumennagel. Und stierte auf die Mauer.

»Die Mauer ist ja riesig! Da kommt man nie im Leben drüber!«, sagte Anni und legte den Kopf in den Nacken.

»Wir dürfen sowieso nicht über die Mauer klettern«, sagte ich, »strengstes Gartengesetz. Opa sagt, dass wir *niemals nie* in den Nachbargarten klettern dürfen, egal was passiert!«

»Warum nicht?«, fragte Anni. »Wer wohnt denn dort drüben?«

»Da wohnt ein Herr Bovist«, sagte ich.

»Oh! Ja, *das* hört sich echt gruselig an!«, rief Anni. »*Hohohooo!*«

Blöd fand ich das von ihr.

Aber gut, sie konnte ja auch nicht Bescheid wissen. Also erklärte ich es ihr:

»Hinter dieser hohen Steinmauer liegt gut versteckt ein riesiges Grundstück. Niemals werden die Bäume und Büsche dieses Anwesens geschnitten. Kein Mensch kann einen Blick hineinwerfen. Die große Mauer, von der das gesamte Grundstück eingeschlossen ist, kann nur durch ein großes Eisentor betreten werden. Allerdings ist dieses Tor immer verschlossen, und eine Klingel gibt es nicht.«

Anni kratzte sich den Bauch. »Und dieser Herr Bovist? Wo steckt der?«

»Tja«, antwortete ich. »Herr Bovist lebt irgendwo auf diesem Grundstück. Wie ein Einsiedler, sagt meine Tante Ilse. Und die weiß einfach alles, was hier in unserer Stadt passiert. Und vor allem weiß sie, was in unserem Wohnviertel passiert. Tante Ilse ist Opas Schwester. Sie sagt auch, dass seit Jahren keiner mehr Herrn Bovist gesehen hat. Nur seinen schwarzen Geländewagen mit den verdunkelten Scheiben sieht man ab und zu aus dem Tor kommen. Manche Nachbarn aus der Scheffelstraße erzählen von fürchterlichem Hundegebell und Gewinsel von hinter der Mauer.«

Ich hatte allerdings noch nie Hundegebell von der an-

deren Seite der Mauer gehört. Obwohl ich schon ein paarmal extra gelauscht hatte.

»Und einmal, vor vielen Jahren«, erzählte Jonas, »ist Opa hier mit der Leiter auf die Mauer gestiegen, um die Brombeerranken zu schneiden. Plötzlich tauchte dort drüben ein vollständig behaarter Mensch auf. Er starrte Opa grimmig an und stieß einen seltsamen Laut aus. Opa ist vor Schreck abgestürzt und lag mit gebrochenem Bein wochenlang auf dem Sofa. Oma hat ihm verboten, noch einmal über die Mauer zu gucken!«

»Quatsch mit Soße!«, sagte Anni.

Wie jetzt? Glaubte Anni uns nicht? Vor Schreck verschluckte ich mein Melonen-Kaugummi. Ich stellte mir Herrn Bovist immer wie Räuber Hotzenplotz vor. Wild, gefährlich und behaart.

»Und überhaupt bekommen wir lebenslanges Schuppenverbot, wenn wir auch nur einmal einen Fuß hinter die Mauer setzen«, rief ich. »Das hat Opa gesagt. Und Tante Ilse sagt, wer da rüberklettert, ist nicht mehr zu retten!«

»Man wird ja wohl kurz seinen Ball holen dürfen!«, sagte Anni. »Oder traut ihr euch wirklich nicht?«

»Klar trau ich mich da rüber!«, antwortete Finn angeberisch. »Bis jetzt hat mich dieser zugewachsene Acker einfach nicht interessiert!«

»Ach, echt? Na prima!«, rief Jonas. »Dann los, kletter rüber und hol meinen Ball!«

Finn zog mit einem schmatzenden Geräusch die Nase hoch.

Jonas gab ihm einen Schubs. »Du musst hinten beim Schuppen über die Mauer. Da kommen Oma und Opa fast nie hin.«

Finn sagte: »Klar! Gar kein Problem.« Und lief den Pfad entlang in Richtung Schuppen.

Wir folgten ihm im Gänsemarsch.

Ganz hinten im Garten treffen sich alle drei Pfade wie an einer kleinen Kreuzung. Und genau dort steht unser Geheimversteck. Direkt an der großen Mauer aus Natursteinen.

»Boah, eine grüne Hütte!«, rief Anni.

Ja, wir haben wirklich das schönste Geheimversteck aller Zeiten!

Opa hat den Schuppen vor Urzeiten für seine Gartengeräte gezimmert. Weil hier hinten an der Mauer früher Gemüsebeete waren. Da waren Oma und Opa noch junge Leute.

Jedenfalls ist unser Schuppen aus Holz und hat eine Tür und ein kleines Fenster. Und ein schräges Dach aus Wellblech. Auf dieses Wellblechdach kletterte Finn nun

mit Hilfe einer Holzkiste. Und von dort zog er sich auf die rote Steinmauer hinauf.

Ich musste meinen Kopf ganz weit in den Nacken legen, um zu Finn auf der Mauer zu gucken. So hoch ist die Mauer, das muss man sich mal vorstellen.

»Finn ist kein Löwe, er ist ein Affe«, sagte Anni kichernd.

Ich stupste sie in die Seite. Finn rief von oben: »Das ist ein richtiger Urwald. Die Büsche und Bäume hinter der Mauer sind riesig. Da findest du nicht mal einen Elefanten wieder!«

»Du kannst mir ja auch einen neuen Ball kaufen!«, brüllte Jonas. »Das bedeutet vier Monate kein Taschengeld! Und wenn ich es Mama erzähle, bekommst du *nie wieder* Taschengeld!«

Finn zeigte Jonas einen Vogel. Und sprang. Ich hörte einen Plumps auf der anderen Seite. Dann ein Rascheln. Und dann hörte ich nichts mehr!

Jonas guckte finster. »Der findet den Ball niemals. Bei dem Gestrüpp da drüben!«

Da konnte ich Jonas nur zustimmen. Finn fand *nie* etwas. Nicht in seinem Zimmer und auch nicht in seinem Schulranzen.

Jonas setzte sich auf die Obstkiste. »Ist mir grad egal, wie er's macht. Hauptsache, er kommt nicht ohne Ball wieder.«

Das konnte dauern. Also zeigte ich Anni erst mal unseren Schuppen. Die Vorhänge mit den Vögelchen drauf fand sie am allerschönsten. Aber auch der kleine Tisch und die roten Hocker gefielen ihr. Deshalb zeigte ich ihr auch noch die Kiste mit den Zeitschriften. Es sind Omas Zeitschriften, und da sind viele Fotos von echten Prinzessin-

nen und anderen berühmten wichtigen Leuten drin.

»Toll, echt«, sagte Anni.

Zum Abschluss meiner Hüttenführung zeigte ich ihr noch Knox. Besser gesagt: seinen Hauseingang.

»Kno… was?«, fragte Anni.

»Knox!«, sagte ich. »Meine Maus. Sie ist leider mein einziges Haustier.«

Das war wirklich so. Obwohl ich mir schon seit Ewigkeiten einen Hund wünsche. Aber immer wenn ich einen Hund auf meinen Wunschzettel schreibe, sagt Papa: »Tilda-Schatz, vier Kinder im Haus ersetzen jedes Haustier. Da ist vom Ferkel bis zum Kampfhund alles dabei!«

Jetzt erklärte ich Anni: »Schau mal, hier hinten an der Schuppenwand hat Knox einen kleinen Eingang geknabbert. Das darfst du aber nicht Opa erzählen. Er mag nämlich keine Mäuse.«

Opa hat in seinem Keller fiese Mausefallen. Ich mag Mäuse. Und vor allem natürlich Knox. Der ist richtig niedlich mit seiner kleinen rosa Nase und den langen Barthaaren, die immer so zucken, wenn er mich sieht.

Viel mehr konnte ich Anni dann aber nicht mehr zeigen.

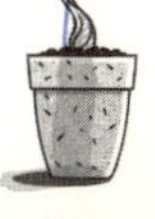

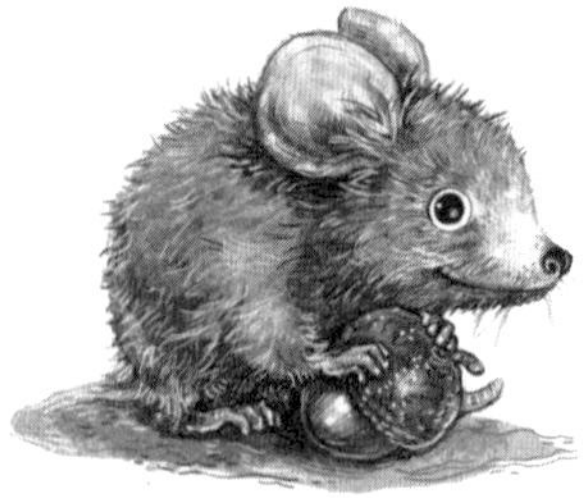

»Kiiinder!« Das war Omas Stimme.

Sie musste schon ganz nah beim Schuppen sein.

Jonas riss die Hüttentür auf und rief mir zu: »Achtung! Oma ist im Anmarsch! Wir müssen sie von Finn ablenken!«

Schon flitzte er los. Ich sauste hinterher.

»Kiiinder!«, ertönte es wieder. Omas Kopf tauchte hinter den Johannisbeersträuchern auf.

»Aaah, da seid ihr ja. Mama hat mir verraten, dass ich euch hier finde. Es gibt Vanilleeis mit heißen Himbeeren!«

Ich liebe Vanilleeis mit heißen Himbeeren!

Oma schaute sich um. »Wo ist denn Finn?«

Tja!

In diesem Moment entdeckte Oma Anni. »Und wer bist du?«, fragte sie.

»Guten Tag«, antwortete Anni und strahlte Oma an. »Mein Name ist Annemarie Kummer. Meine Mutter ist die Renate.«

»Ach, *du* bist Renates Tochter? Ihr wohnt wieder in der Stadt, stimmt's? Wie schön! Komm, wir essen auf der Terrasse ein leckeres Eis, dann kannst du mir alles erzählen. Wo ist Finn überhaupt?«, plapperte Oma fröhlich.

»Er holt einen Fußball«, antwortete Anni.

»Jaja, na ja, er wird uns finden, wenn er seinen Ball ge-

holt hat«, meinte Oma und hakte sich bei Anni ein. Zusammen gingen sie in Richtung Haus davon.

Oma war fürs Erste beschäftigt.

Blöd nur, dass wir unseren Posten an der Mauer verlassen mussten. Was, wenn Finn nach uns rufen würde?

Kein Eis zu essen kam aber auch nicht in Frage. Und was sollte schon passieren?

Ich schaute noch einmal zur Mauer.

Alles war still.

Oma hatte den Tisch auf der Terrasse gedeckt. Von dort hat man einen tollen Blick über die raspelkurz gemähte Sonnenwiese und den Rosengarten bis hin zu den ersten Obstbäumen. Beim Essen befragte Oma Anni. Ich hörte nicht wirklich zu, sondern beobachtete den mittleren Gartenweg. Auf dem müsste Finn bald erscheinen. Nachdem ich alle Himbeeren einzeln gelutscht hatte und Finn immer noch nicht aufgetaucht war, rutschte ich zappelig auf dem quietschenden Eisenstuhl herum. Wo blieb er nur?

Jonas' Füße zuckten wild.

Anni bestellte bei Oma eine zweite Portion Eis. Ich versuchte, ihr einen *Blick* zuzuwerfen. Sie merkte nichts. Als ihr die glückliche Oma noch ein drittes Eis bringen wollte, verpasste ich Anni einen Tritt unter dem Tisch.

Anni verstand. »Leider bin ich satt. Vielen Dank für das vorzügliche Eis!«

Oma rief begeistert: »Kind, was kannst du dich schön ausdrücken! Jetzt haben wir euch genug in Beschlag genommen, ihr wollt bestimmt spielen. Wenn Finn auftaucht und sein Eis essen möchte, schickt ihn her.«

Wie eine Herde Pferde galoppierten wir über die Wiese davon.

Atemlos standen wir wieder beim Schuppen an der Mauer. Von Finn war weit und breit nichts zu sehen.

Ich rief: »Fiiinn!« Und spitzte die Ohren.

Nichts!

»Dem muss was passiert sein! Er ist schon ewig drüben!« Jonas raufte sich die Haare.

»Wir müssen zum Abendessen wieder zu Hause sein. *Mit* Finn!«, stellte ich fest.

Ich musste was unternehmen. Ich stieg auf die Obstkiste. Und versuchte, mich am Schuppendach hochzuziehen.

»Du bist kein Affe«, sagte Anni.

»Lass *mich* mal!« Jonas schubste mich von der Kiste und sprang wie eine Katze von der Kiste auf das Dach und von dort auf die Mauer.

Anni guckte mich an. »Ich komm da auch nicht hoch. Wir brauchen eine Leiter.«

»Opa hat eine Leiter bei den Kirschbäumen stehen«, fiel mir ein.

Bei den Kirschbäumen fanden wir keine Leiter. Auch nicht bei den Apfel- und Birnenbäumen.

»Wie viele Obstbäume gibt es denn noch in diesem riesigen Garten?«, fragte Anni.

»Nur noch zwei Quittenbäume!«, antwortete ich. »Die stehen dort hinter der Brombeerhecke.«

Und tatsächlich lehnte an dem einen Quittenbaum Opas lange Holzleiter. Es war ganz schön mühsam, das alte Ding bis zur Mauer zu schleppen.

Ich kletterte als Erste hoch. Die Leiter ächzte und wackelte. Breit war die Mauer, da konnte ich nur staunen. Fast wie bei einer Burg. Vorsichtig richtete ich mich auf. Und sah nur noch grün.

»Fiiinn!«, rief Jonas.

Ich merkte, dass er sich Sorgen machte. Bei den Zwillingen ist es nämlich so: Sie streiten wie die Verrückten. Aber ohne einander können sie es kaum aushalten.

»Fiiinn!«, rief auch ich.

Hinter mir knarzte die Leiter. Anni stieg Sprosse um Sprosse nach oben. Jetzt klammerte sie sich an der Mauer fest und schaute neugierig in das Grün auf der anderen Seite.

»Ihr müsst mal rücken«, sagte sie. Also balancierte ich mit ausgebreiteten Armen ein Stück auf der Mauer entlang. Wie tief es da runterging!

Weit kam ich nicht. Aus dem Nachbargarten quollen Äste und Zweige wie lange Arme herüber und versperrten mir den Weg.

»Wir müssen Finn suchen«, sagte Jonas.

Er stieß sich ab und sprang in den Nachbargarten.

Anni saß inzwischen auf der Mauer. Ihre Füße baumelten auf Herrn Bovists Seite.

»Das ist mir eindeutig zu hoch«, sagte sie und starrte auf Jonas.

Der rief zu uns herauf: »Jetzt macht schon!«

Also zerrten Anni und ich die Holzleiter auf die Mauer und ließen sie auf der anderen Seite in den Garten hinunter. Ganz schön schwierig war das.

»So ein sperriges Miststück!«, schimpfte Anni.

Vorsichtig stiegen wir nach unten. Die alte Leiter wackelte und stöhnte.

Aber endlich standen wir alle auf der anderen Seite im verbotenen Garten.

»Jetzt kann ich nur hoffen, dass es hier nicht wirklich wilde Hunde gibt!«, sagte Anni.

Mein Bauch grummelte.

Ich drehte meinen Kopf nach links, nach rechts, nach oben. Und was soll ich sagen:

Wir standen mitten im Dschungel!

»Okay!«, sagte Jonas. »Auf geht's!«

Aber das war leichter gesagt als getan. Das Grünzeug stand entlang der Mauer so dicht, dass wir erst einmal in den Dschungel hineingehen mussten. Ach was, *gehen*. Wir kletterten über einen umgefallenen Baumriesen, unter einem anderen robbten wir durch. Überall wucherte dichtes Gestrüpp, so dass wir ständig Umwege und Slalom machen mussten. Der Waldboden war bedeckt von hellgrünen Farnen und dunkelgrünem Moos.

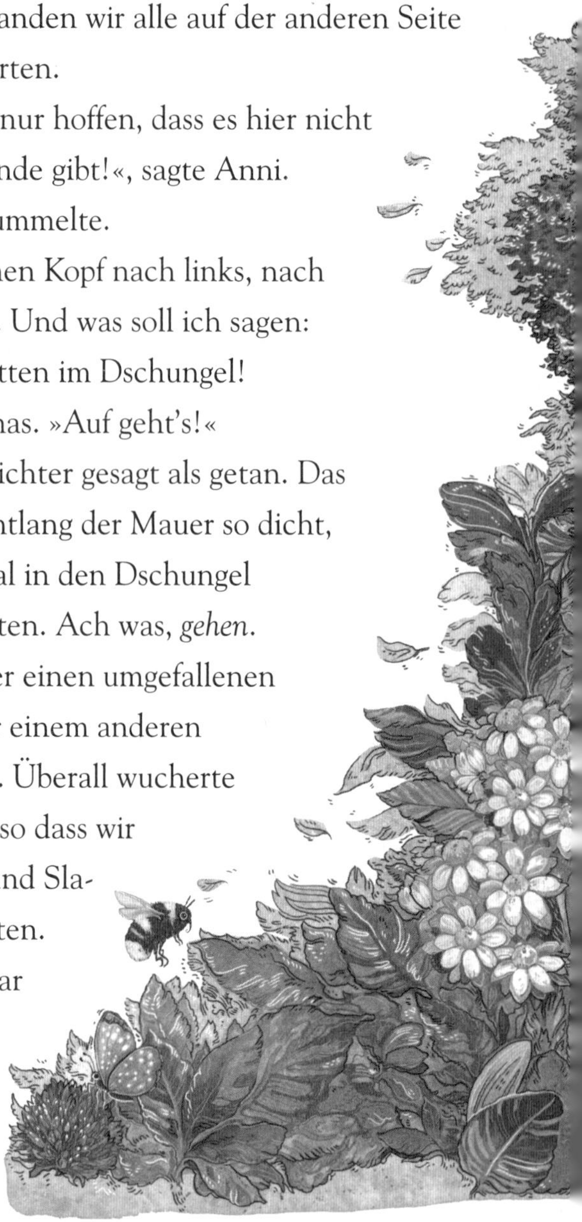

Und unsere Füße raschelten durch braunes, vertrocknetes Laub. Ehrlich gesagt kam bei mir noch die Angst dazu. Ich meine, ich hatte oft genug Tante Ilses Erzählungen über dieses Grundstück gehört. Und über die Bewohner natürlich auch. Gruselig!

Immer wieder blieben wir stehen und spitzten die Ohren. Aber wir konnten kein Hundegebell oder Gewinsel hören. Es war überhaupt gar nichts zu hören.

Und wenn ich nach oben schaute, konnte ich keinen Himmel sehen. Nur grün.

Plötzlich blieb Jonas stehen. »Da vorne werden die Büsche und Bäume weniger. Wir schleichen uns vorsichtig an. Keiner sagt auch nur einen Ton. Ist das klar?«

Anni und ich nickten stumm.

Jonas musterte uns von oben bis unten. »Noch bunter hättet ihr euch nicht anziehen können, oder? Wie zwei Papageien. Wenn Herr Bovist hier irgendwo herumläuft, sieht er euch schon aus einem Kilometer Entfernung!«

Ich schaute erst an mir herunter, dann an Anni. Schön sahen wir aus. Tatsächlich wie zwei prachtvolle Papageien. Anni und ich grinsten uns an.

Nur Jonas schaute bitterböse. Und schlich in Richtung des Lichts davon.

Wir erreichten das Ende des Dschungels und standen am Rande einer Lichtung. Sie war fast kreisrund. Büsche und Bäume bildeten einen kompletten Schutzwall um die Wiese herum. Darauf stand ein Gewächshaus. Es war ungefähr doppelt so groß wie mein Kinderzimmer und aus kleinen Glasscheiben zusammengesetzt. Viele Scheiben waren zerbrochen. So ein Gartenhaus bräuchten wir für unsere Garten-AG in der Schule. Wir pflanzen unser Gemüse und die Blumen in Holzkisten und unter Plastikplanen.

Plötzlich bewegte sich etwas in dem Glashaus. Ich zog Anni hinter einen mächtigen Farn.

»Da-ha!«, wisperte ich.

»Pscht!«, machte Jonas.

Es war eindeutig ein Mensch. Ein Mann, um genau zu sein. Er kauerte gebückt am Boden. Was machte er da? Wieder kroch Angst in mir hoch. War das Herr Bovist? Der über und über behaarte Mann, den Opa gesehen hatte?

Jetzt richtete er sich auf. Er trug einen langen, braunen Mantel. Der Mantel war sogar so lang, dass er hinten auf dem Boden schleifte.

Hoffentlich lässt er den Mantel zu, dachte ich, sonst falle ich beim Anblick der vielen Haare tot um.

Im Moment schaute nur ein wuscheliges Haarbüschel oben auf dem Kopf heraus. Es leuchtete weiß in der Sonne.

Da klopfte der Mann sich die Erde vom Mantel und trat ins Freie. Mit einem großen, silbernen Schlüssel schloss er das Gewächshaus ab.

Anni beugte sich ganz nah zu mir und raunte: »Wahrscheinlich pflanzt er da drinnen Hasenfutter. Karotten und Kohl und so. Damit seine Hasen schön fett werden. Und die Hasen verfüttert er dann an seine wilden Hunde. Oder er futtert die fetten Hasen selber mit Haut und Haar.«

Pfui Spinne!

»Pscht!«, zischte Jonas.

Auf einmal schirmte der Mann seine Augen mit der Hand ab. Und stierte in unsere Richtung. Bewegungslos, wie ein brauner Felsen, stand der riesige Mantel vor seinem Glashaus. Sein Haar leuchtete. Mein Herz hämmerte.

Endlich, nach unzähligen Herzschlägen, drehte der Mann sich um und rüttelte noch einmal am Türgriff seines Glashauses. Dann verschwand er mit schnellen Schritten zwischen den Bäumen auf der anderen Seite der Lichtung.

»Aaahhh ...« Meine Beine prickelten.

»Was treibt die Saubande hier?«, donnerte es plötzlich hinter uns.

Ich fiel vor Schreck in den Farn.

»Na, hab ich euch erschreckt?«, sagte Finn lachend.

»Blöde Kotzkröte!«, schrie ich.

Oma hat gesagt, dass man sich vor Schreck schon mal die Zunge abbeißen kann. Aber Finn kapiert das nicht. Dauernd erschreckt er einen mit Absicht.

»Wo warst du denn?«, fauchte Jonas.

»Ich habe deinen Ball gesucht, schon vergessen?«, fauchte Finn zurück.

»Stundenlang?« Jonas schaute finster.

Ich hörte nicht mehr hin.

Das Gewächshaus funkelte in der Sonne. Wunder-, wunderschön sah das aus! Ob da wirklich nur Karotten und Kohl wuchsen? Das konnte ich ja fast nicht glauben.

Der gruselige Mann war spurlos verschwunden.

»Sollen wir uns das Gewächshaus mal genauer anschauen? Also, wo wir schon mal hier sind?«, fragte ich Anni.

»Würde ich schon sagen«, antwortete sie.

Wir ließen Finn, Jonas und ihren Streit einfach hinter dem Farn stehen und schoben uns auf die Lichtung.

»Schön!«, sagte Anni und steckte sich einen langen Grashalm in den Mund.

Das Gras der kleinen Wiese ging uns bis zum Knie. Und im Gras wuchsen viele, viele bunte Blumen. Nicht wie bei Papa, der mäht immer alles kaputt.

Maulwürfe wohnten auch auf der Lichtung. Anni stolperte gleich mal über einen Hügel. Schimpfend rappelte sie sich wieder auf.

»Guck mal! Da drinnen sind noch mehr Maulwurfshügel.« Ich drückte meine Nase an einer Gewächshausscheibe platt.

»Ich habe mich geirrt«, rief Anni. »Kein Kohl und keine Karotten. Das ist ein Maulwurfswintergarten. Bei schlechtem Wetter gucken die Maulwürfe nur da drinnen aus ihren Hügeln. Damit sie nicht nass werden vom Regen.«

»Und der Mann hat vorhin in jeden Hügel eine Portion Maulwurffutter gesteckt!«, sagte ich.

»Den Mantel trägt er zum Schutz gegen die Maulwurfsbisse. Maulwurfsbisse sind nämlich richtig fies«, erklärte Anni. »Komm! Wir gehen rein und sagen den Maulwürfen *Hallo*!«

Sie lief um das Gewächshaus herum.

Ich dachte noch über das Maulwurffutter nach. Ob das wohl aus Regenwurmhackfleisch wäre? Eklig!

»He, Tilda! Hier hinten ist ein großes Loch!«, rief Anni.

Das Loch in der Scheibe hatte wirklich die perfekte Größe. Wie ein Schlangenmensch schlängelte ich mich durch die Öffnung. Anni eignet sich nicht so wirklich als Schlangenmensch. Ich musste ein bisschen ziehen, sonst wäre sie stecken geblieben.

»Was für eine wunder-, wunderschöne Maulwurfsstadt!«, rief ich.

Toll sah es in dem Gewächshaus aus. Es gab eine Hügelkette links der Gewächshaustür und eine rechts davon. Dazwischen war ein kleiner Weg aus Kieselsteinen. Und wenn man nach oben guckte, funkelten die Glasscheiben des spitzen Daches wie Mamas Festtagsohrringe.

In jedem Hügel steckte ein Stab mit einem Schild.

»Stehen da die Maulwurfsnamen drauf?«, fragte ich.

Anni zog ein Schild heraus. »Was soll das sein? Ein Flugzeug?«

»Und auf dem hier ist ein Zwerg mit Zwergenmütze und Bart!« Eine hübsche Zeichnung war das. Aber mit der Maulwurfsstadt lagen wir eindeutig falsch.

»Doch keine Maulwürfe!«, sagte auch Anni. »Hier wächst bald ein Zwerg.«

»Und hier wird ein Flugzeug angebaut!«, sagte ich.

»Und das hier ist ein Mensch, oder? Der ist wie mit einer Schablone gezeichnet. Man sieht nur den gestrichelten Umriss.« Anni hielt mir das Schild unter die Nase.

Ja, eindeutig ein Mensch.

Plötzlich bollerte etwas gegen die Scheibe. Anni fiel vor Schreck das Schildchen aus der Hand.

»He, ihr Papageien! Wir müssen los!«, rief Jonas.

Anni steckte das Schildchen zurück in den Hügel.

»Ich würde gerne wissen, was dieser unheimliche Mantel hier für seltsame Sachen züchtet«, raunte Anni mir zu.

»Wir kommen wieder!«, raunte ich zurück. »Gleich morgen!«

Der nächste Tag war der erste Sonntag im Juni. Mama hatte Renate und Anni zum Kuchenessen eingeladen.

»Und warum lädst du Annis Papa nicht zum Kuchenessen ein?«, fragte ich Mama.

»Weil Renate und Annis Papa sich getrennt haben!«, antwortete Mama. »Renate und Anni wohnen allein in ihrer neuen Wohnung.«

Das war traurig. Prima war allerdings, dass Anni zum Kuchenessen kam. Egal ob mit oder ohne ihren Papa.

In Anni passte wirklich viel Schokokuchen, da konnte ich nur staunen.

Endlich war sie satt.

»Sollen wir los zum Schuppen?«, raunte ich Anni zu und zwinkerte wild.

»Unbedingt!«, raunte sie zurück.

Finn brüllte: »Wir kommen mit zum Schuppen!«

Da war meine gute Laune wie weggeblasen.

»Wir wollen aber allein dorthin!«, fauchte ich.

Mama guckte mich ganz, ganz böse an: »Matilda! Du bist jetzt auf der Stelle friedlich! Der Schuppen gehört euch allen. Und Punkt!«

Pah! Meistens wollen die Zwillinge *mich* nicht dabeihaben. Da meckert Mama nie.

Aber wenn Mama ihren bösen Blick aufsetzt, ist an der Sache nichts zu rütteln.

So standen wir wenig später leider zu viert an der großen Mauer.

Anni und ich hatten inzwischen schon Übung mit der Leiter.

»Wie bei der Feuerwehr!«, sagte Anni.

Die Feuerwehr hat aber nicht so eine doofe Holzleiter. Beim Runterklettern wackelte das alte Ding wie verrückt, und ich schlitterte die Leiter runter. Mein ganzer Rücken schrappte auf.

Die Zwillinge waren schon im Dschungel verschwunden.

Blöderweise hatte ich auch noch meine neuen Sandalen an. Unter meinen Fußsohlen steckten spitze Steinchen.

»Geh du vor!«, sagte ich zu Anni.

Warum hatte ich nicht wie Anni meine Turnschuhe angezogen? Etwas mürrisch humpelte ich hinter den anderen her.

Und über meine Schulter musste ich auch ständig schauen. Raschelte es da nicht im Gebüsch?

Ich guckte jetzt einfach auf Annis Rücken. Obwohl Anni genauso alt ist wie ich, ist sie viel größer. Und breiter. Ich kann mich richtig gut hinter ihr verstecken, wenn es sein muss.

»Autsch!« Anni war stehen geblieben, und ich knallte gegen sie.

»Da vorne ist das Gewächshaus«, flüsterte Anni.

Finn und Jonas entdeckte ich hinter einer großen Tanne. Sie beobachteten die Lichtung.

»Die Gewächshaustür steht offen, Herr Bovist muss in der Nähe sein«, raunte Jonas uns zu.

Anni und ich kauerten uns wie-

der hinter den fächerförmigen Farn. Und starrten auf die Lichtung. Minutenlang.

Nichts regte sich.

Ich hatte einen Plan: »Anni und ich schauen, was da im Gewächshaus wächst. Ihr könnt Wache halten!«

»Von mir aus«, sagte Finn. »Ist mir auch piepegal, was in diesem löchrigen Glaskasten wuchert.«

Und Jonas sagte: »Wir verstecken uns aber lieber auf der anderen Seite der Lichtung. Dort ist der Kerl gestern verschwunden. Wenn er auftaucht, pfeife ich. Und ihr rennt dann wie die Verrückten zur Mauer? Klaro?«

»Klar wie Klößchensuppe!«, sagte Anni.

Die Zwillinge huschten geduckt über die Wiese.

»Die machen das gut, wie im Film!«, sagte Anni kichernd.

»Komm!« Ich humpelte los. Die Sandalenriemen zwickten. Der Rücken brannte. Aber egal.

An der Gewächshaustür blieb ich stehen.

»Boah!«, rief Anni neben mir. »Die sind ja gewachsen!«

Aus jedem Maulwurfshügel lugte ein Pflänzchen hervor.

»Das sind wohl Turbogewächse«, stellte ich fest.

»Aber keine Flugzeuge oder Gartenzwerge.« Anni klang ein wenig enttäuscht.

Neben der Tür entdeckte ich einen Blumentopf aus Ton. Ich hob ihn hoch. Auch in ihm steckte ein winziges Pflänzchen. Es hatte zwei gezackte Blätter. Ein bisschen wie ein Löwenzahn.

»Zeig mal das Schildchen.« Anni drehte es um. Eine gestrichelte Linie zeigte den Umriss eines Menschen.

Schritte *schreckten* mich auf.

»Was habt ihr gefunden?«, fragte Jonas.

»Ihr wolltet doch Wache halten!«, zischte ich.

Man konnte sich wirklich nicht auf die beiden verlassen.

»Ist langweilig«, maulte Finn. »Und deine Pflänzchen sind auch langweilig. Wir verschwinden.«

Eine donnernde Stimme ließ uns auseinanderfahren.

»Diebe!«

Mein Herz polterte gegen die Rippen.

Über die Lichtung hastete der gruselige Mann. Sein riesiger Mantel bauschte sich auf. Wie eine Krähe flog er auf uns zu.

»*Flucht!*«, brüllte Finn.

Jetzt wummerte mein Herz. *Wumm! Wumm! Wumm!*

Im gleichen Takt trommelten meine Füße auf den Boden. Über die Lichtung. Hoffentlich flog Anni nicht wieder über einen Maulwurfshügel. Rein ins Gebüsch. Wo war ich überhaupt? Neben mir tauchte Anni auf.

»Lauf … schneller …!«, keuchte sie.

Unter meinen Fußsohlen pieksten tausend Steine. Und überall Äste und Blätter.

»Ich kann nicht mehr«, japste ich.

Da tauchte endlich die Mauer auf.

»Warum hast du den doofen Blumentopf mitgehen lassen?«, fragte Finn mürrisch.

Wir saßen im Schuppen. Das kleine Pflänzchen stand zwischen uns auf dem roten Tisch.

Ich haute mit der Hand auf den Tisch, dass der Blumentopf nur so wackelte. »Ich hab die Pflanze nicht mit Absicht mitgenommen!«

»Hoffentlich will Herr Bovist seine Pflanze nicht wiederhaben«, murrte Jonas.

»Pfff!«, machte Finn. »Das ist jetzt aber echt Tildas Problem. Wegen so einem Gänseblümchen verschwende ich keine Minute mehr!«

Anni kaute an ihrer Haarsträhne. »Vielleicht merkt der Kerl überhaupt nicht, dass du den Topf mitgenommen hast«, sagte sie.

Das hoffte ich sehr. Und trotzdem: Ich war eine Diebin. Genau wie es der Krähenmann gerufen hatte.

Finn stand auf. »Ich hab jedenfalls Hunger. Und Papa macht heute Lasagne.«

Barfuß, in der einen Hand die Sandalen und in der anderen den Blumentopf, humpelte ich nach Hause. In meinem Bauch hockte ein ganz, ganz komisches Gefühl.

Das Pflänzchen stellte ich in meinem Zimmer auf die Fensterbank. Aus Mamas Blumentopfsammlung hatte ich einen grün schillernden Übertopf rausgesucht. Er passte perfekt.

Im Nebenzimmer rumorte Leni. Leni ist meine Schwes-

ter. Mama und Papa sagen, dass sie ein Pubertier ist. Was *genau* das ist, weiß ich nicht. Aber vielleicht ist Leni deshalb so komisch und kreischt so viel rum.

»Wenn man vierzehn Jahre alt ist, *muss* man in der Pubertät stecken!«, sagte Mama neulich zu Papa, als der bei Lenis Gekreische die Augen verdrehte.

Mama, Papa, Leni, die Zwillinge und ich wohnen in einem Turm. Natürlich ist es in echt gar kein Turm. Sondern ein Reihenhaus. Papa sagt, damit möglichst viele Häuser auf ein möglichst kleines Grundstück passen, baut man die Reihenhäuser heutzutage schmal und hoch. Wie einen Turm eben. Ich finde unseren Turm sehr gemütlich. Mama, Papa und die Zwillinge schlafen im ersten Stock. Leni und ich haben unsere Zimmer unterm Dach. Sogar ein eigenes Mini-Bad haben wir beide.

Mama kam später zum Gutenachtkuss in mein Zimmer und bemerkte die neue Pflanze sofort.

»Seit wann hast du denn die Pflanze?«, fragte sie. »Und von wem?«

Da musste ich sie natürlich anflunkern.

»Die Pflanze steht schon seit Freitag in meinem Zimmer«, sagte ich. »Ist sie dir noch nicht aufgefallen? Die habe ich doch aus der Garten-AG mitgebracht. Im Auftrag von Frau Wonnemeier. Zum Aufpäppeln.«

Dinge, die ich aus der Schule mitbringe, findet Mama immer total wichtig.

»A-ha!«, sagte Mama. »Na, dann schreib doch eine Art Tagebuch über dein Pflanzenprojekt. So kannst du genau festhalten, welche Fortschritte dein Pflänzchen macht, und es deiner Klasse berichten.«

Ich fand die Idee super. Natürlich nicht für Frau Wonnemeier. Sondern einfach so, für mich.

»Ich habe bestimmt noch ein leeres Heft im Arbeitszimmer«, sagte Mama.

Das Heft war richtig hässlich. Aber Mama hat tolles Geschenkpapier. Ich suchte mir ein Papier mit Blättern, Blüten und Kakadus aus. Daraus bastelte ich einen Umschlag. Jetzt sah mein Tagebuch sehr, sehr schön aus.

Auf die erste Seite schrieb ich in meiner ordentlichsten Schrift:

Sonntag, 1. Juni

Ich habe seit heute eine Zimmerpflanze.

Aussehen:

– Stängel: 10 cm hoch

– 2 gezackte Blätter

– Stiel und Blätter behaart

– Blüte: noch keine. Aber eine kleine Knospe sitzt schon auf dem Stiel. Die Blütenfarbe ist noch nicht erkennbar.

Ich weiß nicht, was für eine Pflanze Herr Bovist gepflanzt hat. Auf dem Schild sind nur die Umrisse eines Menschen zu sehen. Sonst nichts!

Ich klappte das Heft zu und versteckte es unter meinem Bett. Die Pflanze fütterte ich noch mit etwas Wasser.

»Ein Löwenzahn oder ein Gänseblümchen bist du nicht. Da würde der Krähenmann sein Gewächshaus doch nicht abschließen!«, sagte ich zu meiner neuen Mitbewohnerin.

Aber was war sie dann?

Montag, 2. Juni

– Stiel: 15 cm (5 cm gewachsen!!!)

– 3 hellgrüne Blätter, alle gezackt und haarig.

– Knospe leicht geöffnet. Ich glaube, die Blüte wird blau.

Am nächsten Morgen konnte ich es kaum fassen: Die Pflanze war über Nacht wie verrückt gewachsen!

Ich war richtig stolz. Wahrscheinlich war meine Pflege perfekt: nicht zu viel Wasser, aber auch nicht zu wenig. Ein helles Plätzchen, aber nicht zu sonnig. Und von Oma wusste ich, dass man auch ab und zu mit seiner Pflanze sprechen sollte. Echt, das brauchen die auch. Wie Haustiere eben. Und wie ein Haustier braucht eine Hauspflanze auch einen Namen. Im letzten Urlaub hatte ich

ein Mädchen kennengelernt. Es hieß Ludmilla. So hübsch war die!

»Und du wirst auch hübsch. Dass weiß ich ganz bestimmt!«, sagte ich zu meiner Ludmilla.

»Tiiilda! Kommst du jetzt endlich?«, rief Mama.

Montage kann ich überhaupt nicht leiden. Aber heute freute ich mich ausnahmsweise richtig auf die Schule. Wegen Anni.

»Anni *muss* in meine Klasse kommen!«, sagte ich zu Ludmilla. »Sonst flippe ich aus!«

»Schlagt das Lesebuch auf der Seite sechsundfünfzig auf. Jeder liest das Gedicht erst einmal leise für sich«, sagte Frau Wonnemeier in der ersten Stunde.

Ich konnte mich überhaupt nicht auf das Gedicht konzentrieren. Kam Anni doch in die Parallelklasse?

Endlich klopfte es an der Tür, und unser Rektor schob Anni vor sich her ins Klassenzimmer.

»Ich bringe euch eure neue Klassenkameradin: Annemarie Kummer«, sagte er.

Oh, wie war ich froh! Und Frau Wonnemeier setzte Anni auch noch auf den leeren Platz an meinem Gruppentisch.

»Das ist der beste Tisch im ganzen Klassenzimmer«, flüsterte ich ihr zu.

Und das stimmt. Mein Gruppentisch steht direkt am Fenster, und vor dem Fenster steht ein riesiger Kastanienbaum. Im Frühling blüht er wunder-, wunderschön, und im Herbst kann ich manchmal zugucken, wie die Kastanien aus ihren Igelhüllen fallen. Aber am allerschönsten ist das Eichhörnchen. Es hüpft immer wieder auf dem Kastanienbaum herum, und dann springen alle Kinder kreischend zu den Fenstern. Nur Frau Wonnemeier findet das nicht so schön. Wegen der Aufregung. Aber gut.

Das einzig Doofe an meinem Gruppentisch ist Emil.

Als Frau Wonnemeier die Deutschhausaufgabe an die Tafel schrieb, zischte Emil Anni zu: »Wer heißt den heute noch Annemarie, außer meiner uralten Oma?«

Ich hätte Emil am liebsten mein Federmäppchen auf den Kopf gedonnert. Dann hätte ich aber in der Pause im Klassenzimmer bleiben müssen. Weil Gewalt in der Schule streng verboten ist. Also guckte ich nur böse.

Anni zischte zurück: »Na, da ist es ja super, dass du wie mein Ururgroßvater heißt. *Emil!* Richtig modern, das muss ich schon sagen!«

Emil knackste mit seinen Fingern. Sagen konnte er

nichts mehr, weil Frau Wonnemeier genau in diesem Moment zu unserem Tisch schaute.

In der Pause zeigte ich Anni das Mädchenklo. Und das Lehrerzimmer. Wir räumten gemeinsam ihre Kunstkiste ein. Und in der zweiten Pause liefen wir zusammen Stelzen. Es war so, so schön!

Bis Emil vor uns stand.

»Jetzt gibt es in unserer Klasse zwei Breitmaulfrösche«, sagte er zu uns. Dabei zog er seinen Mund mit den Fingern ganz, ganz weit auseinander. Blöd sah das aus.

»Hau ab, du Sumpfkuh!«, fauchte ich.

Emil lachte.

Da fragte Anni mit

ganz tiefer Stimme: »Warum hat der Breitmaulfrosch so ein wahnsinnig breites Maul?« Sie machte eine Pause und brüllte: »Damit er dich besser *fressen kann*!«

Mit weit aufgerissenem Riesenmaul sprang sie auf Emil zu. Ihre Zunge schlabberte und sabberte bis zum Kinn.

Und Emil rannte.

Ich musste so lachen, dass ich mir fast in die Hose gemacht hätte.

Anni sagte: »Ich finde Frösche jedenfalls süß, egal ob Breitmaulfrosch oder Spitzmaulfrosch!«

Ich war mir nicht so sicher, ob auch Emil Breitmaulfrösche süß fand. Aber das war ja auch total egal. Anni und ich hüpften den Rest der Pause als Breitmaulfrösche über den Schulhof und hatten eine Menge Spaß.

Die Hausaufgaben erledigte ich an diesem Montag blitzschnell. Anni und ich wollten schließlich noch zum Schuppen.

Gerade hatte ich das Matheheft zugeschlagen, als Leni in mein Zimmer kam.

»Hast du mal einen Killer für mich?«, fragte sie.

Ich leihe Leni nicht gerne etwas. Ich bekomme es nämlich nie zurück. Und dann muss ich ewig in ihrem Durcheinander danach suchen.

»Na gut!«, sagte ich trotzdem.

Leni setzte sich mit einer Pobacke auf mein Heft und kramte in meinem Mäppchen. Ihre andere Pobacke klingelte. Leni fischte ihr neongrünes Handy aus der hautengen Jeans.

»Hi, Tim!«, sagte sie. Mit einer ganz hohen Piepsstimme. So redet Leni nur mit Tim. Und dabei klimpern ihre Wimpern wie verrückt.

Jetzt trippelte Leni zum Fenster.

Und da sah ich *Ludmilla*. Direkt neben Leni. Wunderschön stand sie auf dem Fensterbrett. Ihre Blüte hatte sich geöffnet und leuchtete in himmelblau und veilchenblau, tintenblau und meerjungfrauenblau, taubenblau und pflaumenblau. Und in ihrer Blütenmitte standen viele kleine grüne Antennen lustig ab. So eine schöne Blüte hatte ich noch niemals nie in meinem Leben gesehen.

»Cool!«, flötete Leni in ihr Handy.

Dabei zupfte sie an Ludmillas haarigem Blatt herum.

Das fand ich nicht so gut. Überhaupt: Sollte sie doch in *ihrem* Zimmer telefonieren. Aber Pustekuchen!

Leni steckte ihre pickelige Nase in Ludmillas grüne Antennen.

Plöpp!

Ich rieb mir ganz fest die Augen.

Leni war *verschwunden*!

Einfach so.

»Cool, echt!«, zwitscherte Lenis Stimme am Fenster.

»*Leni?*«, fragte ich.

»Pscht!«, zischte Lenis Stimme. »Merkst du nicht, dass ich telefoniere?«

Sie war noch da. Aber *unsichtbar*!

Ich grapschte in die Luft.

Lenis Stimme sagte: »Sorry, Tim! Meine kleine Schwester nervt!« Dann wanderte ihre Stimme durch mein Zimmer und verschwand im Flur.

Ich schluckte meine Aufregung runter und flitzte hinter ihr her.

»*Leni!*«, sagte ich noch mal und streckte meinen Kopf in ihr Zimmer.

»Hau ab!«, kreischte die Leni-Stimme.

Sehen konnte ich die doofe Pute nicht.

Also suchte ich lieber unser Telefon.

»Anni!«, raunte ich in den Hörer. »Du musst kommen! Jetzt sofort! Es ist etwas Unglaubliches passiert!«

Anni staunte, als ich ihr die prächtige Ludmilla zeigte. Und noch mehr staunte sie, als ich ihr von der unsichtbaren Leni erzählte.

Sie presste ihr Auge an Lenis Schlüsselloch.

»Lass mich auch mal!«, wisperte ich.

Aber Anni wollte ihren Posten nicht aufgeben. Also presste ich mein Ohr an die Tür. Leni telefonierte immer noch mit ihrer hohen Tim-Stimme.

Plötzlich wurde die Zimmertür aufgerissen. Ich taumelte. Und klammerte mich an Annis Arm.

»Woahh!«, machte Anni und plumpste in Lenis Zimmer. Mich zog sie mit. Wie zwei Mistkäfer lagen wir auf dem Rücken auf Lenis lila Teppich.

»*Mama!*«, kreischte Lenis Stimme. »Tu was! Diese Babys lassen mich nicht in Ruhe telefonieren!«

Anni lag jetzt ganz still. Wie versteinert. Nur ihre Augen suchten Leni.

»Ist was?« Lenis Gekreische wurde schriller.

Sie war immer noch unsichtbar. Und hatte es selbst noch nicht einmal bemerkt.

Ich zog an Annis Kleid. »Komm!«, zischte ich.

Ich krabbelte in den Flur. Und endlich rappelte sich auch Anni auf und krabbelte hinter mir her.

Wumms! Leni knallte die Tür hinter uns zu.

»Tilda, was ist da oben los!«, rief Mama von unten.

»Nichts!«, krächzte ich.

Und noch mal lauter: *»Überhaupt nichts!«*

Mama durfte auf keinen Fall zu uns nach oben kommen. Meine Mama kann sich fürchterlich aufregen. Schon bei Kleinigkeiten. Und eine unsichtbare Leni würde sie verrückt machen, da war ich mir sicher.

Schon hörte ich Mamas Schritte auf der Treppe.

Anni und ich setzten uns ganz breit auf die oberste Treppenstufe.

»Vollsperrung«, raunte Anni.

Jetzt lugten Mamas Locken um die Ecke.

»Warum kreischt Leni denn so?«, fragte sie.

Tja.

»Sie telefoniert mit Tim«, sagte Anni.

Mama runzelte die Stirn. Und stieg noch ein paar Stufen nach oben. Jetzt war die ganze Mama zu sehen. In ihrer schlabberigen Gartenlatzhose.

»Echt!«, sagte ich. »Sie telefoniert in ihrem Zimmer mit Tim.«

Anni nickte wie verrückt.

»Und ihr beiden sitzt hier einfach so auf der Treppe?«, fragte Mama.

»Ja-ha!«, sagten Anni und ich.

Wir machten uns noch breiter. Plusterten uns auf wie zwei Hühner.

»Darf ich *bitte* mal durch?«, fragte Mama.

Auf keinen Fall, dachte ich.

Aber Mama zwängte sich einfach zwischen uns durch, marschierte schnurstracks zu Lenis Zimmer und öffnete die Tür.

Ich hielt mir die Augen zu. Mein Herz machte ganz schön Krach. *Wumm, wumm, wumm.*

»Leni?«, fragte Mama.

Ein fürchterliches Gebrüll wehte Mama entgegen.

»*Boooaaah*! Kann ich nicht *einmal* in Ruhe *telefonieren?*«, brüllte Leni.

Mama machte einen erschrockenen Rückwärtshüpfer. Die Tür knallte vor ihrer Nase zu. *Peng!*

Jetzt guckte Mama sehr, sehr finster.

»Pah!«, schnaubte sie. Fast wie ein Pferd.

Und endlich, endlich stapfte Mama alle Treppenstufen wieder nach unten.

Ich starrte Anni an. Und Anni starrte mich an. Wie angewachsen saßen wir auf der obersten Treppenstufe.

»Anni, ich habe eine *Zauberblume* geklaut!«, sagte ich schließlich.

»Da kann ich echt nur staunen!«, antwortete Anni und kaute an ihrer Haarsträhne.

»Wenn Leni merkt, dass sie unsichtbar ist, haben wir ein Riesenproblem!«, sagte ich.

Leni konnte kreischen wie ein Pavian. Die ganze Straße würde angerannt kommen, um nach Leni zu gucken.

»Und wenn Leni *für immer* unsichtbar bleibt, habe ich ein noch viel riesigeres Problem mit Mama und Papa!«, stöhnte ich.

Ich wollte mich gerade aufregen, da öffnete sich Lenis Zimmertür. Und eine gut sichtbare und pfeifende Leni eilte über den Flur ins Badezimmer.

»Na also!«, sagte Anni.

Ich war so froh. Und Anni auch, dass hab ich genau gemerkt.

Jetzt mussten wir uns aber dringend um Ludmilla kümmern.

»Du wunder-, wunderschöne Zauber-Ludmilla«, sagte ich und streichelte ihr behaartes Blatt.

Anni schnappte sich den Blumentopf.

»Und jetzt lassen wir uns verzaubern!«, sagte sie.

»Jetzt?«, fragte ich.

»Jetzt!«, sagte Anni. »Wir müssen doch wohl testen, ob der Zauber auch bei uns wirkt! Und wie du an Leni gesehen hast, ist man nicht für immer und ewig unsichtbar. Das wird ein Riesenspaß!«

Sie bückte sich und atmete unglaublich laut ein.

Plöpp!

Anni war nicht mehr zu sehen.

»Hatschi!«, machte Annis Stimme. »Jetzt du!«

»Ich muss erst noch Ludmilla verstecken!«

Ich öffnete meinen Kleiderschrank und stellte Ludmilla zwischen die Körbe mit den Unterhosen und den Socken.

»Achtung!«, zischte plötzlich Anni.

Leni sagte hinter mir: »Ich brauch noch den Killer.«

Mein Kopf knallte gegen die Kleiderstange im Schrank. Fast wäre ich auf Ludmilla gefallen. Im letzten Moment konnte ich mich in die Sockenkiste abrollen.

Leni kramte in meinem Mäppchen.

»Du kannst den Killer behalten«, sagte ich aus dem Schrank heraus.

»Cool!«, sagte Leni und verkrümelte sich endlich.

Ich steckte meine Nase in Ludmillas grüne Antennen.

Sie kitzelten. Und dufteten ganz leicht nach Mamas Parfüm. Ich holte richtig tief Luft.

»Es hat geklappt!«, rief Anni.

Gespannt flitzte ich zu meinem Leuchtturmspiegel. Der hängt innen an meiner Zimmertür. *Wumms!* Auf halbem Weg knallte ich gegen etwas Hartes.

»Au-au-au!«, jammerte Anni.

Dann mussten wir lachen. Ich lag auf dem Boden und hielt mir den unsichtbaren Bauch vor Lachen.

»Wo bist du?«, japste ich.

»Irgendwo neben dir!«, quietschte Anni.

Ich packte mein Kuschelschwein und schleuderte es in Richtung Annis Stimme.

»Nicht getroffen!«, juchzte Anni und schleuderte meinen Stoffhund zurück. Jetzt flogen meine Stofftiere nur so durch das Zimmer.

Anschließend stellte ich meine Lieblingsmusik an, und wir tanzten und hüpften wild durchs Zimmer. Die Spielregel war: nicht zusammenknallen. Es war sehr, sehr lustig. Weil wir natürlich trotzdem zusammenknallten. So unsichtbar!

Irgendwann konnten wir nicht mehr.

»Komm!«, keuchte Anni. »Wir gehen raus auf die Straße. Das ist bestimmt *noch* lustiger!«

Die Idee fand ich prima.

Auf der Treppe rumpelte Anni voll in mich rein. Ich konnte mich nicht mehr am Geländer festhalten und kullerte die restlichen Stufen runter. Und Anni flog über mich drüber, weil sie mich am Boden natürlich auch nicht sehen konnte.

»Verflixt!«, stöhnte Anni.

»Wir brauchen ein Zeichen«, sagte ich.

»Was für ein Zeichen?«, fragte Anni.

»Na, ein lautes Zeichen eben. Zum Beispiel *Piep!*«, antwortete ich.

Das testeten wir gleich mal. Piepsend lief ich die zweite Treppe runter und zur Haustür. Das klappte ganz gut. Leider stand Mama im Vorgarten und buddelte in ihrem klitzekleinen Beet herum.

Leise, leise drückte ich die Haustür wieder zu.

»Wir gehen hinten durch den Garten«, sagte ich.

Wieder knallte ich gegen die unsichtbare Anni.

»Du musst *Piep* machen«, fauchte ich.

»*Piep!*«, machte Anni.

Piepsend schafften wir es jetzt ohne Unfall bis auf die Terrasse.

»*Piep!*«, machte ich.

Keine Antwort.

»Wo bist du?«, fragte ich laut.

»Hier!«, sagte Anni. »Am Zaun. Schau mal, was bei euren Nachbarn Leckeres auf den Tellern liegt.«

Auf zwei geblümten Tellern lag Himbeertorte. Ich mag Himbeertorte fast so gern wie Vanilleeis mit heißen Himbeeren.

Von Sackers selbst war nichts zu sehen.

»Komm!«, sagte Anni.

Der niedrige Holzzaun zwischen den Gärten schwankte.

Ungefähr zwei Minuten später hatten wir beide Tortenstücke verputzt.

»Mehr!«, verlangte Anni.

Eine tiefe Männerstimme erschreckte mich fast zu Tode: »Truuudiii! Der Kaffee ist durchgelaufen! Kommst du?«

Mein Stuhl kippte um und schepperte.

Mit rotem Kopf starrte Herr Sacker auf die leeren, krümeligen Teller.

»Truuudiii!«, brüllte er. »Ja, Herrschaftszeiten, was ist hier los?«

»Die Katze!«, jammerte die dicke Trudi.

Herr Sacker fluchte und schimpfte.

Wie ein Geist huschte ich zu den Büschen.

»Piep?«, machte ich leise.

»Ich bin hier. Lass uns verschwinden!«, raunte Anni dicht neben mir.

»Nebenan wohnt Mamas Sportfreundin Bärbel«, sagte ich.

Bärbel döste in einem klitzekleinen Bikini auf ihrer Gartenliege.

»Anni?«, wisperte ich.

»Ja?«, raunte Anni zurück.

»Ich gehe und drücke die Klingel!«

Da Bärbel im Eckhaus wohnt, flitzte ich einfach um die Hausecke zur Haustür.

Dingdong!

Es dauerte etwas, bis Bärbel in einem verrutschten Kleid die Tür aufriss. Sie schaute sich um.

»Huhu, Bärbel!«, rief meine Mama aus unserem Vorgarten herüber. Kurz bekam ich einen Schreck.

»Hast du jemanden bei mir klingeln sehen?«, rief Bärbel zurück.

Mama schüttelte den Kopf.

»Tzzz!« Bärbel verschwand im Haus, die Haustür knallte zu.

Ich wartete kurz.

Dingdong!

Ich flitzte immer wieder um die Hausecke, um auch ja nichts zu verpassen. Und lachte, bis mein Bauch zitterte.

Als ich das fünfte Mal den Klingelknopf drücken wollte, rutschte mein Lachen im Eiltempo runter in meine Füße.

Mama kniete noch in ihrem Beet. Papa stand in Anzug und mit Aktentasche auf dem Fußweg vor unserem Haus. Und bei ihnen stand der Krähenmann.

Mein Mund fühlte sich plötzlich pupstrocken an.

»Anni!!!«, krächzte ich.

Sie antwortete nicht.

»*Annnüi!*«, versuchte ich es etwas lauter.

»Piep«, machte es endlich neben mir.

»Guck mal da!«, krächzte ich.

»Mist!«, flüsterte Anni.

Seinen riesigen braunen Mantel trug Herr Bovist nicht. Aber ich erkannte ihn an seinen Haaren. Die verrieten ihn. Obwohl sie heute ordentlich gekämmt waren. Und er trug eine schwarze Sonnenbrille. Die war so riesig, dass kaum noch etwas von seinem Gesicht zu sehen war.

»Er will seine Zauberpflanze wiederhaben, ganz sicher!«, wisperte ich.

»Er verpetzt uns bei deinen Eltern«, wisperte Anni zurück.

Jetzt nickte Herr Bovist Mama und Papa kurz zu, drehte sich um und verschwand um die Ecke.

»Hinterher!«, raunte ich.

Ich sauste an meinen Eltern vorbei. Da vorne lief Herr

Bovist. Seine schwarze Jacke flatterte über seiner schwarzen Hose, und die schwarzen Schuhe huschten lautlos über den Gehweg.

»Piep«, machte ich.

»Piep«, antwortete Anni.

Herr Bovist bog in die Scheffelstraße ab. Vor dem Haus von Oma und Opa blieb er stehen. Er schaute erst nach links, dann nach rechts. Jetzt stand er ganz still und beobachtete das Haus.

Mein Bauch grummelte. Hoffentlich guckten Oma und Opa nicht gerade jetzt aus dem Fenster.

Nein, mit langen Schritten lief er weiter. An Opas weißem Gartenzaun entlang. Dann begann Herr Bovists große Mauer. Sie schlängelt sich ewig um eine lange Kurve bis vor ein schwarzes Eisentor. Das Tor ist so hoch, dass nicht mal Papa hätte drüber gucken können. Herr Bovist schloss auf und schob sich durch den Spalt. Als ich endlich am Tor stand, hörte ich nur noch seine Schritte. Sie entfernten sich knirschend.

»Anni?«, fragte ich.

Da *sah* ich Anni! Ihr lila-gelb-rot geblümtes Kleid leuchtete vor der riesigen Steinmauer.

Beim Abendessen fragte ich Papa. »Wer war denn der Mann mit der großen Sonnenbrille, mit dem ihr heute Nachmittag vor dem Haus gesprochen habt?«

»Ach, der!«, antwortete Papa und kaute ewig an seinem Salatblatt herum. »Keine Ahnung. Er fragte nach einer Pflanze. Oder nein: Wir sollten *weitererzählen*, dass er seine Pflanze sucht und ganz bestimmt auch findet! Oder so ähnlich. Sehr seltsam!«

Da verschluckte ich mich fürchterlich an meiner Bratkartoffel.

Dienstag, 3. Juni

Ludmilla ist schon wieder gewachsen!

Aussehen heute:

– Stiel: 20 cm. Ich musste ihn mit einem Stift stützen.

– Blätter: 3 (groß, gezackt und behaart)

– Blüte: eine riesige Blüte. Sie besteht aus vielen, vielen einzelnen Blütenblättchen in vielen, vielen Blautönen.

Ich hatte in der Nacht von Ludmilla geträumt. Aber nichts Schönes! Im Traum war Ludmilla riiieeesig. Wie ein Riesenstaubsauger hatte sie ihren langen Stiel über mein Bett gebeugt und ihre blauschillernde Blüte fest um mich gezurrt. Mit einem schmatzenden Geräusch versuchte Ludmilla dann, mich einzusaugen. *Tschschiiieee!*

Was war ich froh, dass genau in dem Moment mein Wecker geklingelt hatte!

Gähnend setzte ich mich an den Frühstückstisch.

Nach ein paar Löffeln Müsli fragte ich: »Du, Mama, was ist eigentlich ein Breitmaulfrosch? Gibt es den in echt?«

Mama überlegte. »Es gibt einen Frosch, der hat ein riesiges Maul. Sein Maul ist fast so breit wie sein Körper. Der lebt aber nicht bei uns, sondern irgendwo in den Tropen. Wenn du Genaueres wissen willst, müsstest du nachschauen.«

»Und wenn ein Kind zu einem anderen Kind Breitmaulfrosch sagt?«

Finn prustete los: »Dann hat das andere Kind ein Riesenmaul!«

»Finn!«, sagte Mama mit ihrer strengen Stimme.

»Ich haue dir gleich ein breites Maul!«, sagte ich zu Finn.

»*Matilda!*«, rief Mama und schüttete sich den Kaffee auf ihr weißes Kleid.

Als es an diesem Dienstag zur großen Pause läutete, verdrückte ich mich mit Anni in die hinterste Hofecke.

»Ich habe einem Zauberer seine Zauberblume gestohlen. Und jetzt will er sie zurückhaben! Und er weiß, wer wir sind und wo wir wohnen!«, sagte ich.

Eine gruselige Vorstellung war das.

»Mmhhh!« Anni kaute an ihrem Salamibrot. »Wir müssen Ludmilla zurückbringen, bevor Herr Bovist *uns* schnappt!«

»Und bevor meine Eltern oder Oma und Opa irgendetwas mitbekommen!«, sagte ich.

Aber eigentlich wollte ich Ludmilla nie mehr hergeben. Sie war meine Hauspflanze.

Stumm schauten wir den anderen Kindern auf dem Schulhof zu.

»Eins verstehe ich nicht: Warum läuft dieser Herr Bovist eigentlich *sichtbar* durch die Gegend?«, fragte ich. »Er könnte doch an einer Zauberblume riechen und unsichtbar bis in mein Zimmer marschieren. Da hätte er Ludmilla schon längst wieder.«

Anni nickte und schluckte. »Sehr seltsam!«

»Vielleicht ist Herr Bovist also gar kein Zauberer!«, stellte ich fest. »Sonst hätte er sich unsichtbar gezaubert. Oder Ludmilla hergezaubert.«

»Oder uns in Breitmaulfrösche verzaubert!«, sagte Anni.

Sie winkte Emil zu. Und sie ließ wieder ihre Zunge bis zum Kinn schlabbern. Ein paar Brotbrocken flogen umher. Emil knackste mit den Fingern.

Anni sagte: »Am besten stellen wir Ludmilla zurück in das Gewächshaus. Damit Herr Bovist uns in Ruhe lässt! Aber vorher schauen wir uns noch mal um. Da waren ja noch mehr Pflanzen in den Maulwurfshügeln. Und andere Schildchen.«

»Dann steigen wir aber unsichtbar in Herrn Bovists Garten!«, antwortete ich. »Und ob ich Ludmilla wirklich dort lasse, entscheide ich erst im Gewächshaus.«

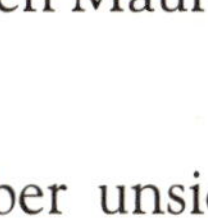

Nach den Hausaufgaben flitzte ich zum Schuppen. Anni wartete schon auf mich. Traurig sah sie aus.

»Was hast du?«, fragte ich.

»Mein Papa hat nicht angerufen«, antwortete Anni. »Obwohl er es versprochen hat!«

Ich angelte ein leicht klebriges Melonenkaugummi aus meiner Rocktasche und wischte die Fusseln ab. Melonenkaugummi hilft einfach immer bei Kummer.

»Wo ist Ludmilla?«, fragte Anni kauend.

Vorsichtig zog ich meinen Rucksack vom Rücken.

»Ich habe sie in Zeitungspapier gewickelt. Damit der Stiel nicht abbrechen kann.«

Ludmilla ging es gut. Kerzengerade stand sie in ihrem Topf.

Wieder holten wir die Leiter aus dem Obstgarten und kletterten in den verbotenen Garten. Erst als wir im Dschungel standen, steckten wir unsere Nasen in die grünen Antennen.

Plöpp!

Unsichtbar.

Den Rucksack mit Ludmilla darin schnallte ich mir wieder auf den Rücken. Und sofort – *plöpp!* – war auch der Rucksack unsichtbar.

Langsam aber sicher kannten wir den Weg durch den Dschungel. An manchen Stellen konnte ich an dem zertrampelten Boden oder abgeknickten Ästen auch noch unsere Spuren vom Vortag erkennen. Bis auf unsere knacksenden Schritte, wenn eine von uns auf einen Ast trat, war es mucksmäuschenstill. Bei unserem Farn blieb ich stehen.

»Anni?«

»Piep!«

»Die Gewächshaustür ist zu!«, sagte ich.

»Ist doch gut! Dann ist Herr Bovist nicht in der Nähe. Wir krabbeln wieder durch das Loch«, antwortete Anni.

Da ich Anni nicht sah, konnte ich sie diesmal nicht durch die Öffnung ziehen. Sie quiekte.

Ich fragte: »Steckst du fest?«

»Quatsch«, antwortete sie stöhnend.

Also kümmerte ich mich um die Maulwurfshügel. Doch da gab es gar nichts mehr zum Kümmern. Kein einziges Pflänzchen schaute aus der Erde heraus.

»Potz Blitz!« Auch Anni hatte das kahle Beet entdeckt.

»So ein Mist!«, fluchte ich. »Wir sind zu spät!«

In den Hügeln steckten zwar Schildchen, doch von den Pflanzen, die mit Ludmilla im Gewächshaus gestanden hatten, fehlte jede Spur.

Ich schaute mir die Schildchen genauer an. In der rechten Reihe steckten fünf Flugzeuge. Und in der linken Reihe fünf Zwerge.

»Das Schild mit dem gestrichelten Menschen fehlt komplett! Es ist keine unsichtbarmachende Pflanze dabei!«, stellte ich fest.

Neben der Tür stand ein niedriges Regal. Es war so vollgestellt, dass es sich gefährlich zur Seite neigte. Vorsichtig guckte ich in die Töpfe auf dem obersten Regalbrett. Die waren leer. Eine Etage tiefer standen mehrere kleine Tütchen mit blauen Kügelchen darin.

»Das ist Pflanzendünger. So was hat Mama auch«, sagte ich.

»Da sind aber Totenköpfe drauf«, antwortete Anni dicht neben mir.

Tatsächlich! Und da unten stand in fetter Schrift *Gift*.

Was sollte das? Hatte dieser gruselige Herr Bovist alle Pflanzen vergiftet? Dann war er ja noch gruseliger als alle Gerüchte zusammen! Hier konnte ich meine Ludmilla nicht lassen. So viel war schon einmal klar!

»*Tilda!* Schau, was da vorne auf dem Pfad auftaucht!«

Schnell rappelte ich mich auf und lief zur Gewächshaustür. Und wischte ein Guckloch in die Staubschicht an der Glastür.

Was war das?

Ein Wolf konnte es nicht sein. Es war größer. Und hatte silbergraues, struppiges Fell.

»Ist das ein Wolf?«, rief Anni. »Mein lieber Scholli! Dann rennt hier wahrscheinlich ein ganzes Wolfsrudel herum!«

»Also, die Wölfe im Zoo sind viel, viel kleiner«, sagte ich.

Das Tier trabte direkt auf das Gewächshaus zu. Jetzt blieb es stehen und streckte die Schnauze hoch in die Luft. Die schwarzen Nasenflügel zitterten.

»Es riecht uns!«, flüsterte ich. »Hier drinnen sind wir aber sicher! Sei einfach ganz, ganz leise. Dann regt es sich nicht auf.«

Jetzt stand das Tier auf der anderen Seite der Glastür.

Und glotzte mit seinen gelb gesprenkelten Augen genau durch mein Guckloch.

»Hilfe!«, wisperte Anni.

Das Tier spitzte die Ohren.

»Wenn ich mich wirklich vor etwas fürchte, dann ist das ein riesiger Hund. Ach was, ich fürchte mich vor jedem Hund!«, sagte Anni stöhnend.

Jetzt kam eine riesige Zunge aus dem riesigen Maul. Ich konnte die spitzen, weißen Zähne genau sehen. Das Tier schleckte einmal über mein Guckloch.

Ich raunte: »Anni, du brauchst keine Angst zu haben.«

Sicher war ich mir da aber nicht.

Endlich senkte das Tier den Kopf und drehte sich um. Leider trabte es jetzt schnüffelnd und grunzend um das Glashaus herum und schob seinen Kopf durch unser Einstiegsloch.

»Es passt da niemals durch, oder?«, wimmerte Anni.

Das Tier dachte wohl das Gleiche. Es setzte sich genau vor das Loch.

Plötzlich schrie Annis Stimme: »Tilda! Wir müssen weg, solange wir noch unsichtbar sind! Sichtbar frisst uns das Vieh mit Haut und Haar!«

Das Tier richtete sich wieder auf und spitzte die Ohren.

Ich flitzte zur Öffnung.

Wumm, donnerte ich gegen Anni. Sie steckte im Loch.

»Schieb mal!«, rief Anni.

Ich drückte. Glas splitterte. Das Tier schnüffelte aufgeregt in der Luft herum. Das Loch war wieder frei. Schnell kroch ich hindurch, am Tier vorbei. Sein Maul streifte fast mein Gesicht. Die hechelnde Zunge fächerte stinkigen Maulgeruch in meine Nase.

»Wo bist du?«, rief ich.

Das Tier bellte.

»*Flucht!*«, schrie Anni.

Sie galoppierte über die Wiese. Ich sah, wie sie einen Maulwurfshügel nach dem anderen platt trampelte. Dem Tier kam das auch komisch vor: Mit gesenktem Kopf verfolgte es Annis Spur. Anni kreischte wild.

»Hej!«, rief ich. »Hund! Hier bin ich! *Miau-au-au!*«

Das Tier blieb ruckartig stehen und blickte sich um.

»*Miau!*«, machte ich. Mit was konnte man so ein Tier noch ablenken?

Genau in dem Moment flog Annis neongrüner Turnschuh über den Hund und mich hinweg. Er drehte sich in der Luft, die pinken Schnürsenkel wehten. Donnernd knallte er gegen das Gewächshaus.

Das Tier bellte. Und galoppierte in großen Sprüngen an mir vorbei, dem Schuh hinterher.

»Schnell!«, kreischte Anni hinter dem Farn.

Ich sauste los. Hinter den ersten Büschen blieb ich stehen und schaute mich um. Auf der Wiese stand der Wachhund. Annis grüner Turnschuh steckte in seinem Maul.

Mittwoch, 4. Juni

– Stiel: fast 25 cm!

– Blätter: Groß, leuchtend grün und hell behaart.

– Blüte: Sehr, sehr schön. Das Blau ist noch etwas heller geworden.

Ludmilla bleibt bei mir. In Herrn Bovists Gewächshaus steht Gift. Und alle anderen Pflanzen sind verschwunden. Kein sicherer Ort für Ludmilla, so viel steht fest.

»Wo sind die Pflanzen, die zusammen mit Ludmilla im Gewächshaus standen?«, überlegte ich an diesem Mittwoch in der großen Pause.

Anni knabberte an einem Apfel herum. »Und wo ist mein Turnschuh? Hoffentlich hat das Vieh ihn nicht ge-

fressen! Ich brauche den Schuh unbedingt wieder. Papa hat sie mir geschenkt. Und Mama stellt bestimmt bald Fragen, wenn ich plötzlich nur noch meine alten Schuhe trage!«

»Hoffentlich hat der Hund deinen Schuh nicht Herrn Bovist gebracht!«, sagte ich. »Hättest du nicht einfach ein Stöckchen werfen können?«

»Pah!«, machte Anni. »Wenn ich erst noch ein Stöckchen gesucht hätte, wärst du jetzt Hackfleisch!«

»Anni, ich war *unsichtbar*!«, erinnerte ich sie.

»Wir hätten aber jeden Moment wieder sichtbar werden können! An der Mauer war der Zauber dann ja auch schon vorbei!«

Ich legte mein Käsebrot zurück in die Brotbox. Total matschig. Dabei wusste Mama, dass ich den ekeligen Stinkekäse nicht auf meinem Schulbrot haben wollte.

Ich gab Anni das Brot. Und überlegte laut: »Wir steigen noch mal in den Garten. Wir suchen deinen Schuh! Und wir suchen die Pflanzen! Ich will wissen, wo dieser finstere Kerl die Pflanzen versteckt hält. Oder vielleicht hat er sie ja vergiftet! Du hast doch auch das Gift gesehen, oder? Ludmilla sieht er jedenfalls nie mehr wieder. Das ist mal sicher!«

»Mhmmm!«, machte Anni mit vollem Mund. »Und was

ist mit diesem wahnsinnigen Hundevieh? Deine Tante Ilse hatte recht mit den wilden Hunden!«

»Es gibt *einen einzigen* Hund! Wir steigen natürlich *unsichtbar* in den Garten. Und wir nehmen etwas Leckeres für das Tier mit. Käse oder Wurst! Damit besänftigen wir es. Und dann schauen wir uns gründlich auf Herrn Bovists Grundstück um!«

Anni konnte nicht antworten. In ihrem großen Mund steckte das restliche Käsebrot.

Nach den Hausaufgaben kümmerte ich mich zuerst um Ludmilla. Sie musste unbedingt mitkommen. Wir brauch-

ten sie wegen des Unsichtbarkeitszaubers. Aber passieren durfte ihr auf der Reise natürlich nichts. Deshalb wickelte ich Ludmilla ganz, ganz vorsichtig in eine dicke Schicht Zeitungspapier und steckte sie in den Rucksack.

Danach schaute ich, wo Mama war. Sie saß mit einem Stapel roter Hefte am Terrassentisch und hatte ihre Brille auf. Das war gut.

Leise öffnete ich den Kühlschrank. In der Wurstdose fand ich etwas Leckeres: Salamettis. Ein ganzes Päckchen. Die würden dem Riesentier schmecken. Es wanderte zu Ludmilla in den Rucksack.

Wenig später klingelte Anni. Leider saß ich gerade auf dem Klo.

Finn öffnete die Tür.

»Ah, der zweite Papagei!«, begrüßte mein Bruder Anni.

»Hallo, hallo! Du Senfgurke!«, krächzte Anni.

Kurze Stille.

»Ha, ha!«, machte Finn. »Was habt ihr eigentlich mit dem Gänseblümchen gemacht?«

Ich hielt den Atem an.

»Welches Gänseblümchen?«, fragte Anni.

»Na, die Pflanze aus Herrn Bovists Garten«, sagte Finn.

»Ach so! Aus der ist leider nichts geworden!«, antwortete Anni.

Langsam atmete ich wieder aus und drückte die Klospülung.

Mama legte ich eine Nachricht auf den Küchentisch:

Bin mit Anni beim Schuppen!
Kuss, Tilda

»Warum sagst du es ihr nicht einfach?«, fragte Anni. »Sie sitzt doch direkt vor dem Fenster.«

»Weil Mama manchmal ganz komische Ideen hat!«

Ich schnallte mir den Rucksack auf den Rücken. Leise zog ich die Haustür hinter uns zu.

Gerade als ich das seitliche Gartentor in der Scheffelstraße öffnete, zischte Anni hinter mir: »Herr Bovist! Versteck dich!«

Ich zwängte mich zwischen zwei große Büsche und zog Anni mit in das Versteck. Wenn ich den Kopf nach vorne streckte, konnte ich ein Stück der Straße und Omas Haus von der Seite sehen. Tatsächlich tauchte im nächsten Moment Herr Bovist auf. Wieder hatte er seine schwarzen Kleider an und die riesige Sonnenbrille auf der Nase. Ordentlich gekämmt war er auch.

Keine Krähe. Eher ein Geheimagent.

»O *verflixt!* Er klingelt bei Oma und Opa!«

Driiing!

Herr Bovist wippte auf seinen schwarzen Schuhen vor und zurück, vor und zurück.

Und klingelte noch mal. *Driiing!*

Keiner öffnete.

»Glück gehabt!«, sagte Anni seufzend.

Doch sie hatte sich zu früh gefreut. Agent Bovist lief zur Hausecke. Er schaute kurz über die Schulter. Und verschwand im Garten meiner Großeltern.

Anni starrte mich an. Ich starrte Anni an.

»Ludmilla!« Schnell kramte ich das Zeitungspaket mit dem Blumentopf aus dem Rucksack.

Gleichzeitig beugten wir uns über die Blüte und waren – *plöpp!* – verschwunden.

»Ich lasse Ludmilla hier im Gebüsch!«

Leise, leise pirschte ich mich ans Haus heran. Wo war Herr Bovist? Ich umrundete erst die große Wiese hinter dem Haus. Kein Geheimagent weit und breit. Also bog ich den ersten Gartenweg in Richtung Schuppen ein. Huschte ihn hoch und wieder runter.

Endlich entdeckte ich einen schwarzen Schatten bei den Obstbäumen.

»Anni!«

Keine Antwort.

Also etwas lauter: *»Anniii!«*

»Piep!«

»Agent Bovist verschwindet in Richtung Schuppen!«

»Hinterher!«, wisperte Anni.

Ich flitzte den mittleren Gartenweg entlang. Zwischen den Kirschbäumen durch. Umrundete die Johannisbeersträucher. Und sah ihn. Nur wenige Meter von mir entfernt.

Wumms! Ich wurde zu Boden gerissen. Leider flutschte ein kleiner Schrei aus meinem Mund. Neben mir stöhnte Anni. Vorsichtig hob ich den Kopf.

Der Mann stand ganz still. Und kam dann langsam näher.

Ganz vorsichtig richtete ich mich auf.

Jetzt stand der Krähenmann so dicht vor mir, dass ich jede einzelne Linie in seinem gebräunten Gesicht sehen

konnte. Die buschigen Augenbrauen zuckten. Die lange Nase ebenfalls. Nur seine Augen konnte ich hinter den dunklen Brillengläsern nicht erkennen.

Obwohl ich wusste, dass er mich nicht sehen konnte, wummerte mein Herz wieder wie verrückt. *Wumm! Wumm! Wumm!*

Konnte er es vielleicht hören?

»Zeigt euch!«, rief der Agent.

Nie und nimmer! Ich bewegte mich nicht.

Wumm! Wumm! Wumm!, pochte es in meinen Ohren.

Endlich drehte Herr Bovist sich um und folgte dem Weg zum Schuppen.

Ich wartete. Das Pochen hörte auf.

»Anni?«, wisperte ich.

Keine Antwort.

Also pirschte ich mich allein weiter vor. Jetzt hatte ich den Schuppen im Blick. Herr Bovist spähte durch das kleine Fenster, minutenlang. Leise, leise öffnete er dann die Schuppentür und zog sie hinter sich ins Schloss. Es rumpelte in der Hütte. Suchte der Agent Ludmilla?

»Tilda?«, hörte ich Annis Wispern.

»Piep!«

»Herr Bovist sitzt auf einem Hocker und schreibt etwas«, flüsterte Anni.

Sie musste jetzt dicht bei mir stehen.

Wieder rumpelte es im Schuppen. Der Kerl sollte verschwinden!

Endlich tauchte er in der Tür auf. Er ähnelte wieder ein bisschen einer Krähe, seine Haare standen wie Federn um sein Gesicht.

»Warte noch kurz«, flüsterte Anni, als Herr Bovist hinter den Johannisbeersträuchern verschwunden war.

Ich zählte bis fünfzig. Dann hielt ich es nicht mehr aus und riss die Schuppentür auf. Ein Zettel lag auf dem Tisch.

Ihr habt etwas Wertvolles aus meinem
Gewächshaus entwendet.
Ich brauche es dringend zurück.
B.

»Wir hatten recht!«, sagte Anni.

Ich plumpste auf einen Hocker. »Ich gebe ihm Ludmilla nicht zurück! Wer weiß, was er ihr antut! Dieser gruselige Kerl!«

Ich sah die Haarsträhne in Annis Mund. Und dann die ganze Anni. Sichtbar saßen wir uns gegenüber.

»War das eine Stunde Unsichtbarkeit?«, wunderte ich mich.

»*Tiiilda! Annniii!*« Das war Mamas Stimme!

»Ich werde verrückt, jetzt hat man nicht mal mehr in seinem Geheimversteck seine Ruhe!«, zischte ich.

Die Schuppentür öffnete sich. Ich stopfte Herrn Bovists Briefchen in die Kiste mit den Zeitschriften.

»Da seid ihr ja!« Mama streckte ihren Kopf herein. »Auf! Wir fahren zum See! Ich habe die Zwillinge und ein leckeres Picknick im Auto. Renate treffen wir dort! Wärt ihr vorhin nicht einfach abgehauen, wären wir jetzt schon im Wasser!«

»Hast du meinen meerjungfraublauen Bikini eingepackt?«, fragte ich Mama.

Ich saß in Mamas kleinem Auto. Eingequetscht zwischen Finn und Jonas.

»Ach Gottchen, der Bikini! Ich habe tatsächlich deinen Bikini vergessen! Aber alles andere habe ich dabei. Auch deinen Strohhut«, rief Mama nach hinten.

»Soll ich dann nackt baden?« Das war ja wohl die Höhe.

»Du wirst ja wohl *einmal* in der Unterhose ins Wasser springen können. Da achtet kein Mensch auf dich. Heutzutage sehen die Unterhosen so schick aus, die können glatt als Badehöschen durchgehen …«

Ich fühlte, wie mein Kopf sehr, sehr heiß wurde.

»Dann hüpf *du* doch in deiner Unterhose ins Wasser!«, rief ich Mama von hinten ins Ohr.

Vor Schreck rammte Mama die Bordsteinkante.

Kurze Zeit später hüpfte ich in meinem meerjungfraublauen Bikini in den grünen See. Herrlich war das!

Nach Mamas Picknick lagen Anni und ich mit runden Bäuchen auf unseren Handtüchern.

»Renate und ich laufen eine Runde um den See. Passt bitte auf unsere Sachen auf!«, sagte Mama. »Die Zwillinge sind im Wasser!«

Endlich konnten Anni und ich ungestört über die Sache reden.

»Es ist zum Verrücktwerden!«, sagte ich zu Anni. »Wir kommen keinen Schritt weiter. Gestern hat uns der Wachhund die Suche nach den Pflanzen vermasselt. Heute Mama mit ihrem Seeausflug! Jetzt können wir wieder nicht in Herrn Bovists Garten!«

»Jaaa!«, meinte Anni. »Aber hier am See ist es nach der ganzen Aufregung mit Herrn Bovist echt schön. Und das Picknick war eine Wucht! Nur meinen Schuh, den hätte ich gerne noch gefunden. Ich kann Mama nicht mehr lange hinhalten!«

Anni schob sich eine übrig gebliebene Erdbeere in den Mund.

Ich musste mal eben meine Gedanken ordnen: »Wer *ist* Herr Bovist? Er rennt in einem riesigen Mantel durch seinen Garten und pflanzt Blumen mit Zauberkräften.«

Anni schmatzte. »Wichtig: Das Gewächshaus mit den Pflänzchen wird von einem riesigen Untier bewacht!«

Ich stierte auf das grüne Seewasser und die vielen Köpfe, die herausschauten. »Und obwohl Herr Bovist eine Pflanze züchtet, die unsichtbar macht, benutzt er sie nicht. Unsichtbar hätte er Ludmilla schon längst aus meinem Zimmer holen können. Aber nein, als schwarzer Geheimagent spioniert er sichtbar vor unserem Haus und im Garten von Oma und Opa herum.«

Anni hatte noch eine kleine Erdbeere gefunden und kaute genüsslich.

Also fuhr ich fort: »Ich glaube, dass es nur noch Ludmilla gibt. Herr Bovist hat keine andere Pflanze mehr, die unsichtbar macht. Und deshalb will er sie auch unbedingt zurückhaben!«

»Mhm!«, machte Anni.

Ich fragte: »Und was ist mit den Zwergen und Flugzeugen, die mit Ludmilla im Gewächshaus standen? Die müssten jetzt doch auch blühen! Hat er die vergiftet?«

Anni leckte sich die Finger ab. »Das Gift war auf alle Fälle da. Irgendwen oder irgendetwas wird der Kerl schon vergiftet haben.«

Plötzlich explodierte ein Gedanke in meinem Kopf. »*Ludmilla!* Sie steht noch im Gebüsch!«

»Wo steht *Ludmilla?*«, rief Finn.

»Wer *ist* Ludmilla?«, fragte Jonas.

Verflixt!

»Na los, jetzt erzähl schon! Wer hat so einen bescheuerten Namen wie *Ludmilla?*«, drängelte Finn.

»Die kennt ihr sowieso nicht …!«, antwortete ich ausweichend.

»Wetten, dass ich *Ludmilla* aus dir rauskitzeln kann?«, drohte Finn und stürzte sich auf mich.

Ich kreischte und schrie. Anni zog an Finns Badehose. Ich hasse es, durchgekitzelt zu werden. Papa macht das manchmal.

»*Stopp!*«, brüllte ich.

»Los, erzähl!«, forderte Finn.

Anni half mir: »Das ist eine Mädchengeschichte aus der Schule. Die dürfen wir nicht erzählen.«

Finn glaubte ihr nicht. Das sah ich sofort. Mein Hirn ar-

beitete: Was könnte ich Finn erzählen, damit er sich endlich langweilte und uns in Ruhe ließ?

Anni sagte: »Pass auf, Finn: Wir machen ein Wettschwimmen. Gewinnst *du*, erzähle ich dir die Geschichte. Gewinne *ich*, bleibt unser Mädchengeheimnis bei uns Mädchen. Und du lässt uns in Ruhe!«

Finn musterte Anni. Und grinste. Finn ist ein sehr guter Schwimmer. Und zwei Jahre älter als Anni. Und Anni sah mit ihrem runden Picknickbauch und in ihrem etwas engen Bikini nicht wie eine Superschwimmerin aus.

Deshalb sagte ich: »Oder wer den besseren Handstand macht!«

Einen Handstand konnte ich, den hatten wir gestern in Sport geübt.

Aber Anni lief schon zum Wasser. »Bis zur Schwimminsel und zurück!«

Ich überlegte, was ich Finn nach Annis Niederlage erzählen könnte. Irgendeine glaubhafte Lügengeschichte musste her, das war schon mal klar!

»Auf die Plätze, fertig, los!«, rief Jonas und klatschte in die Hände.

Und was soll ich sagen: Anni zog durch das Wasser wie ein Delphin. Sie holte nur ganz selten Luft. Kraulte und

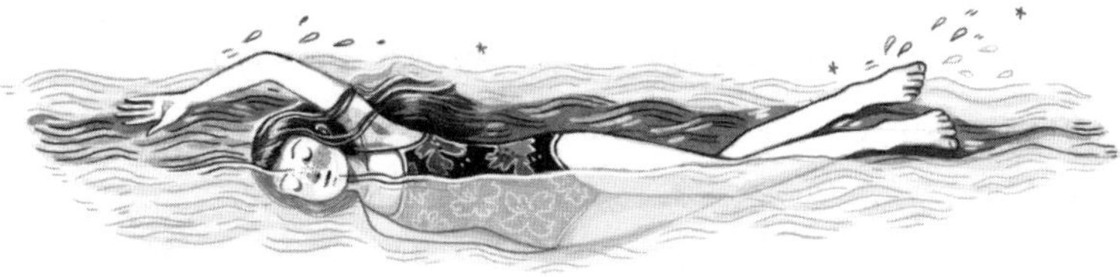

kraulte. An der Schwimminsel hatte sie Finn schon abgehängt.

»Anni! Anni! Anni!« Ich hüpfte auf und ab.

Der Rückweg ging noch schneller. Unermüdlich pflügte Anni durch das grüne Seewasser. Schon stieg sie wieder vor uns aus dem Wasser und richtete ihren Bikini.

»Wahnsinn!«, jubelte ich. »Wie ein Fisch!«

Erst jetzt kam Finn an. Keuchend!

Er guckte böse. »Du hast mich verkackeiert! Das gilt nicht!«

Anni lachte. »Du hast gewettet, und du hast verloren!«

Unsere Mamas saßen wieder auf ihren Handtüchern.

»Anni hat schon Schwimmwettkämpfe gewonnen!«, verkündete Renate stolz.

Toll! Ich fand Anni toll!

Anni grinste.

»Und jetzt packen wir zusammen!«, rief Mama.

»Könntest du mich auf dem Heimweg bei Oma rauslassen?«, fragte ich Mama auf der Rückfahrt. »Ich hab was im Schuppen vergessen.«

»Auf keinen Fall! Du musst noch duschen. Und den Saustall in deinem Zimmer aufräumen. Und mir die Hausaufgaben zeigen«, antwortete Mama.

Na prima. Hoffentlich ging es Ludmilla in ihrem Versteck gut. Ob es da Schnecken gab?

Finn beugte sich ganz dicht zu mir: »Hast du zufällig *Ludmilla* im Schuppen vergessen? Wart's ab, ich finde schon noch heraus, wer oder was diese Ludmilla ist!«

Erkundungen

Donnerstag, 5. Juni

Stiel: 25 cm (nicht mehr gewachsen)

Blätter: Unverändert riesig, hängen etwas schlaff herunter.

Blüte: Alle Blütenblättchen jetzt hellblau, wie meine verwaschene Lieblingsjeans.

Heute durfte Anni direkt nach der Schule mit zu mir nach Hause.

Leider gab es Kartoffelsuppe.

»Lecker!«, rief Anni und setzte sich schnell an den Tisch.

»Ich muss wieder in die Schule«, sagte Mama. »Gleich beginnen meine Notenkonferenzen. Ihr macht bitte anständig eure Hausaufgaben. Die Zwillinge haben Fußball-

training. Leni, du hast hier das Kommando und alles im Blick!«

Leni maulte: »Wie, *alles im Blick*? Ich muss lernen. Und nachher kommt Antonia.«

»Papperlapapp!«, widersprach Mama. »Ich brauche heute deine Hilfe. Und auch wenn Antonia kommt, kannst du trotzdem alles im Blick behalten!«

Das waren jetzt wirklich mal super Nachrichten. Sowohl Mama als auch die Zwillinge konnten uns an diesem Nachmittag nicht in die Quere kommen. Leni würde kein Problem werden, da war ich mir ziemlich sicher.

Anni und ich wurstelten uns so schnell wie möglich durch die Hausaufgaben.

Finn schob sich in mein Zimmer. Er streckte sich in seinen Fußballklamotten auf meinem Bett aus und glättete einen Zettel.

»*Ihr habt etwas Wichtiges aus meinem Gewächshaus entwendet. Ich brauche es dringend zurück!*«, las Finn vor. »Ich war gestern noch schnell beim Schuppen. Eine Ludmilla habe ich nicht getroffen. Aber der Zettel war auch ganz interessant!«

Finn hatte Herrn Bovists Brief gefunden. In der Kiste mit den Zeitschriften. Meine Gedanken sausten wild in meinem Kopf herum.

»Ich kombiniere jetzt einfach mal: *Etwas Wichtiges* ist das Pflänzchen, das du aus Herrn Bovists Gewächshaus mitgenommen hast, oder? Und der Nachbar Herr Bovist will es zurück!«

Finn, die Superspürnase.

»Du hast recht!«, sagte Anni. »Herr Bovist will das Pflänzchen zurückhaben.«

»Heißt das Pflänzchen zufällig Ludmilla?«, fragte Finn.

»Es *hieß* Ludmilla!«, sagte Anni. »Wie du bereits weißt, ist die Pflanze tot.«

Ich guckte Finn gespannt an. Er stierte zurück.

»Und warum gebt ihr Herrn Bovist dann nicht die tote Ludmilla zurück?«, fragte er schließlich.

»Erstens haben wir die tote Pflanze nicht mehr. Zweitens wollen wir nicht noch einmal in Herrn Bovists Garten. Und drittens soll er wegen eines Pflänzchens nicht so ein Tamtam machen«, fasste ich zusammen.

»Da frag ich mich doch, *warum* Herr Bovist so ein Tamtam macht!« Finn schnappte sich das Briefchen und verschwand mit Jonas zum Fußballtraining.

»Jetzt hängen die Zwillinge an uns wie die Zecken«,

stellte ich fest. »Die kannst du nicht so einfach abschütteln!«

»Und wenn wir sie einweihen?«, fragte Anni.

»Nix da! Finn will dann wieder alles entscheiden. So läuft das *immer*! Und wir kleinen Mädchen dürfen die Zwillinge höchstens begleiten. Ludmilla gehört uns! Wir haben sie großgezogen. Und ihre Zauberkraft entdeckt.«

»Okay«, meinte Anni. »Dann müssen wir ab jetzt eben Herrn Bovist, seinem Wachhund *und* den Zwillingen aus dem Weg gehen!«

Mama war schon bei ihrer Konferenz, als ich bei Leni an die Tür klopfte. Sie lackierte sich die Nägel lila.

»Du-hu, Leni, Anni und ich wollen gerne Oma Hallo sagen und vielleicht noch kurz im Schuppen spielen.«

»Aha!«, sagte Leni und bepinselte vorsichtig den kleinsten Fingernagel. »Okay! Ihr müsst aber zurück sein, bevor Mamas Konferenz zu Ende ist.«

»Logisch«, antwortete ich.

Das ging ja noch besser als gedacht. Ich lächelte Leni ganz, ganz lieb an. Und für ein Pubertier lächelte Leni eigentlich ganz lieb zurück. Fast erkannte ich meine alte

Leni wieder. Die mit mir Barbie gespielt hatte oder Räuberbraut im Schuppen. Das war so, so schön gewesen.

Wenig später zog ich Ludmilla aus ihrem Versteck zwischen den Büschen. Vorsichtig drehte ich den Topf. Schnecken hatten schon mal nicht an ihr geknabbert. Sie sah aber trotzdem komisch aus.

»Ludmilla wirkt nicht sehr fit«, stellte ich fest. »Hoffentlich war es letzte Nacht nicht zu kühl. Oder zu zugig!«

Oma ging es immer nicht so gut, wenn es irgendwo zugig war.

»Die Blätter hängen auch ein bisschen«, sagte Anni und streichelte über Ludmillas Härchen.

Aber der Zauber funktionierte einwandfrei.

Unsichtbar und mit prall gefülltem Rucksack standen Anni und ich kurz darauf in Herrn Bovists Dschungel.

Ich beobachtete das Gewächshaus. Verlassen funkelte es in der Sonne.

»Zuerst suchen wir ein Haus. Irgendwo muss der Mann

mit seinem Tier wohnen. Ein Bett zum Schlafen braucht jeder«, überlegte ich.

»Oder wir suchen eine Burgruine, passend zu der großen Mauer. Oder ein kleines Dornröschenschloss, mitsamt einer gefangenen Prinzessin!«, schlug Anni vor.

»Jawohl!« Ich schob mich durch den Farn auf die Lichtung.

Wir folgten dem schmalen Trampelpfad, der sich vom Gewächshaus durch die Blumenwiese in ein Tannenwäldchen schlängelte. Auf den Tannennadeln lief ich wie auf einem Sofakissen. Jeder Schritt wurde geschluckt.

»Anni?«

»Piep!«

Ich blieb stehen und lauschte. Wieder standen wir am Rand einer Lichtung. Eine blühende Hecke umarmte die kleine Wiese. Auch hier wuchsen unzählige bunte Blümchen im Gras. In der Mitte der Lichtung stand ein Haus. Es war eher ein Häuschen. Wie das Hexenhaus bei Hänsel und Gretel. Nur ohne Süßigkeiten.

»Das ist ja niedlich«, hörte ich Annis Stimme, bevor sie in mich reinrumpelte. Seit ich Anni und Ludmilla kannte, hatte ich unzählige blaue Flecken. Und lila-gelbe Flecken. Und manche waren schon fast schwarz. Aber egal!

»Eigentlich sind es sogar zwei Häuschen. Siehst du das

kleinere daneben, halb versteckt von den Büschen?«, fragte ich.

Beide Häuschen waren über und über mit Efeu bewachsen. Und eine Schlingpflanze rankte sich mit ihren holzigen Trieben bis hinauf zum spitzen Dach. Dicke lila Blüten baumelten daran. Die gelbe Farbe der Häuschen blitzte nur hier und da zwischen dem Grün hervor.

»Vielleicht wohnt in dem kleinen Haus das Riesenvieh!«, sagte Anni. »Oder gleich mehrere Riesenviecher, wer weiß?«

Mit meinen Adleraugen suchte ich die Lichtung ab. Kein gruseliger Krähenmann, kein Geheimagent und kein Wachhund weit und breit. Auch hinter den dunklen Fensterscheiben konnte ich nichts erkennen. Eine echte Krähe oben auf dem schwarzen Dach war das einzige Lebewesen.

»Siehst du die grüne Tür? Lass uns dort anfangen«, flüsterte ich Anni zu.

Jetzt war wieder Vorsicht geboten! Als lautlose Wildkatze pirschte ich mich an das Häuschen heran. Neben der Tür linste ich durch ein Sprossenfenster. Vier Stühle standen um einen runden Tisch. Darauf eine Tasse und eine Vase mit kleinen Blümchen. Aber kein Herr Bovist und kein Tier.

Zwei Steinstufen führten zur Tür. Ich drückte mein unsichtbares Ohr an das Holz und lauschte.

Stille.

»Anni?«

»Piep!«

Ich drückte die Türklinke runter. Abgeschlossen!

»Dann ist Herr Bovist nicht zu Hause. Sondern Gift kaufen. Oder mit dem Vieh beim Tierarzt«, sagte Anni.

Ich überlegte. »Vielleicht steht ein Fenster offen.«

Auf der Rückseite des Häuschens entdeckten wir etwas viel Besseres. Auch hier war eine schmale Tür. Und als ich die Klinke drückte, sprang sie auf.

»Schwein gehabt!«, freute ich mich.

Leise, leise betrat ich das Hexenhaus.

Und stand in einer klitzekleinen Küche. Sie war sonnengelb gestrichen. Es gab einen schmalen Herd und eine Spüle. Ein gelber Kühlschrank stand neben einem kleinen Regal voller Schachteln und Dosen. Die guckte ich mir gleich mal genauer an. Vertrocknetes Grünzeug war da drin. Es sah ein bisschen aus wie Mamas Tee. Totenköpfe konnte ich auf keiner Dose entdecken.

Aber wo waren die lebenden Pflanzen? Ich suchte die ganze Küche ab, schaute hinter die geblümten Vorhänge am Fenster, kramte unter der Spüle und guckte sogar in den Kühlschrank. Nichts!

Hinter mir rumpelte es.

»Alles gut!«, stöhnte Annis Stimme. »Ich bin nur über diesen elenden Flickenteppich gestolpert!«

Sprach sie etwa mit vollem Mund?

»Du wirst hier doch wohl nichts essen, Anni, oder? Wer weiß, was dieser Typ für Zauberzeug rumliegen hat!«, rief ich.

Anni schluckte laut. »Nur ein klitzekleiner Keks. Er lag auf dem Tischchen. Und ich hatte wirklich Hunger!«

Ich sagte: »Hilf mir lieber, die Pflanzen zu suchen! Ich gehe jetzt in den nächsten Raum. Bahn frei!«

»Piep!«, machte Anni.

Nebenan war das Wohnzimmer. Ich erkannte am Fenster den Tisch mit den Stühlen wieder.

»Was für ein wunderschöner Teppich!«, rief Anni.

Stimmt. Er bedeckte fast den gesamten Wohnzimmerboden und zeigte viele grüne Pflanzen.

»Da ist ein Dschungel drauf!«, rief ich begeistert.

Und als ich noch genauer auf das Muster guckte, entdeckte ich sogar Tiere zwischen den Blättern und Blüten.

»Guck mal, Anni, hier ist eine Giraffe versteckt!«

»Und hier eine Schlange!« Annis Stimme kam aus der anderen Ecke des Zimmers.

So einen schönen Teppich hatte ich noch nie gesehen.

Ob man sich so einen Teppich vielleicht mal zum Geburtstag wünschen konnte?

Jetzt musste ich aber weiter nach den Pflanzen suchen.

Auf dem Teppich stand ein rotes Sofa. Ich streichelte den Sofabezug. Flauschig weich war der. Wie mein rotes Samtkleid für Weihnachten. Ich musste kurz probesitzen. Vorsichtig wippte ich ein paarmal.

Neben dem Sofa stand eine große Lampe mit grünem Lampenschirm. Und über dem Sofa hing in einem goldenen Rahmen ein Bild. Da war das Hexenhaus drauf. Aber einen Blumentopf entdeckte ich nirgends.

Durch die Tür neben dem Sofa konnte ich ins Schlafzimmer gehen. Ein Schrank, ein schmales Holzbett mit geblümter Bettwäsche und ein bunter Flickenteppich wie in der Küche – schon war das Zimmer voll. Hier hing kein Bild an der Wand, aber eine wunder-, wunderschöne Tapete verwandelte das Zimmerchen in eine Blumenwiese. In diesem Zimmer hatte man bestimmt nur zauberhaft gute Träume!

»Komisch, im ganzen Hexenhaus steht kein einziges Pflänzchen!«, rief Anni aus dem Wohnzimmer. »Und meinen Schuh habe ich auch nicht gefunden. Lass uns im kleineren Häuschen nachschauen. Vielleicht teilen sich das Riesenvieh und die Zauberpflanzen ein Zimmer.«

Plötzlich konnte ich Anni sehen. Gut sichtbar stand sie auf dem prächtigen Teppich.

»Das war nie und nimmer eine Stunde Unsichtbarkeit!«, sagte ich.

Verlor Ludmilla ihre Zauberkraft?

»Wir riechen lieber noch mal an der Blüte. Sicher ist sicher!«, sagte Anni.

»Herr Bovist und das Tier sind *wirklich* ausgeflogen! Da ist es doch einfacher, wenn wir beide uns sehen können, oder?«

Ich dachte wieder an meine blauen Flecken.

Doch was war das? Ich guckte mir Annis Gesicht etwas

genauer an. Sie hatte eigentlich immer eine sehr gesunde Gesichtsfarbe, mit roten Bäckchen und so. Jetzt war sie grün. Wie ihr verlorener Turnschuh. Und wurde immer grüner.

»Geht es dir gut?«, fragte ich.

»Klar!«, rief Anni fröhlich und sprang auf. »Wieso? Was guckst du so komisch?«

Inzwischen war sie grasgrün. Auch an den Händen.

Stumm zeigte ich auf ihre Haut.

»Ja, potz Blitz!«, schrie Anni. »Das ist ja der helle Wahnsinn. Jetzt bin ich wirklich ein Breitmaulfrosch!«

Und ich rief: »Das ist nicht witzig, Anni. Das war dieser Keks! Du kannst dir doch nicht einfach alles in den Mund stopfen, was hier herumliegt! Das ist *verdammt* gefährlich!«

Anni lachte. »Ich bin grün, und du bist vor lauter Geschrei ganz rot!«

Sie nahm meine Hand und zog mich aus dem Hexenhaus.

»Reg dich nicht auf, Tilda. Ich werde nicht für immer und ewig grün herumlaufen. Da bin ich mir ziemlich sicher!«, sagte die grüne Anni.

Ich musste sie die ganze Zeit anstarren, so fürchterlich sah sie aus. Wie ein Olchi.

Aber Anni kümmerte sich nicht weiter um ihre neue Hautfarbe, sondern spazierte zum kleinen Häuschen und rüttelte an der Tür. Es war verriegelt.

Ich spähte durch das kleine Fenster. Der klitzekleine Raum war bis zur Decke mit Büchern vollgestopft. Sogar auf dem Boden türmten sich Bücherstapel.

»Hier wohnt kein Tier, das ist ein Arbeitszimmer«, stellte ich fest.

»Und es herrscht ein Chaos wie in meinem Zimmer«, sagte Anni.

Nur der riesige Schreibtisch aus dunklem Holz, der direkt vor dem Fenster stand, war aufgeräumt. Bis auf ein aufgeschlagenes Riesenbuch.

»Kannst du die Schrift entziffern?« Anni drückte sich die grüne Nase an der Scheibe platt.

»Dieses schnörkelige Gekritzel kann ich nicht lesen. Schon gar nicht auf dem Kopf«, sagte ich.

Das musste ein richtig altes Buch sein. Die Buchseiten waren gelb und zerfleddert. Schön waren nur die vielen Blumenzeichnungen. Ich war ein bisschen enttäuscht. Weil wir im großen Haus keine Pflanzen gefunden hatten. Und das kleine Hüttchen hier verschlossen war.

Annis grüne Lippen sagten: »Wir schauen noch mal im Gewächshaus vorbei. Hier können wir nichts machen.

Und vielleicht finde ich doch noch meinen Schuh. Wer weiß, wohin dieses Monstervieh seine Beute verschleppt hat.«

Ich nickte. Eine bessere Idee hatte ich auch nicht.

Wir trödelten durch das Tannenwäldchen. Ich entdeckte einen Buntspecht. *Tocktocktock*, machte der.

Anni sagte: »In dem Garten von unserem früheren Haus wohnt auch ein Specht. Papa hat ihn Kurt genannt.«

»Warum wohnt ihr nicht mehr in dem Haus und bei Kurt?«, fragte ich.

»Weil sich meine Eltern nur gestritten haben. Sogar wegen Kurt haben sie sich angeschrien, dass musst du dir mal vorstellen!«

Das konnte ich mir schon vorstellen. Mama und Papa schreien manchmal schon wegen einer herumstehenden Kaffeetasse herum. Kurz bevor wir in den Urlaub fahren, zum Beispiel, und Papa das Auto packt und Mama unbedingt noch das Haus aufräumen muss.

»Du machst so einen Saustall!«, schreit Mama dann. »Überall stehen deine benutzten Kaffeetassen!«

Aber wenn wir dann alle im gepackten Auto in den Urlaub brausen, lachen Mama und Papa wieder und küssen sich wie verrückt.

Anni packte meinen Arm.

»Schau dir das an!«, rief sie aufgeregt in mein Ohr und juchzte.

Wir standen inzwischen wieder vor dem Gewächshaus. Erst kapierte ich überhaupt nicht, warum Anni sich so aufregte. Doch dann sah ich die Maulwurfshügel. Und die Pflänzchen darin.

Schnell schlängelten wir uns durch unser Loch in der Glaswand.

»Verrückt!«, kreischte ich. »Hier wachsen wieder Flugzeuge und Zwerge! Die waren gestern doch noch nicht hier!«

Aber dann dachte ich an Ludmilla. Die war ja auch so rasend schnell gewachsen. Wuchsen Zauberblumen vielleicht generell so schnell?

»Die Knospen sind schon ganz schön dick«, sagte Anni. Sie lief die Maulwurfshügelreihe ab.

Vor dem letzten Hügel ging sie in die Hocke und um-

fasste das Pflänzchen ganz vorsichtig. Dann beugte sie ihren Kopf und atmete laut ein. Wie bei Ludmilla.

»Was machst du da?«, rief ich.

Die grüne Anni grinste mich an. Dann breitete sie die Arme aus und stieß sich mit den Füßen vom Boden ab.

Sprachlos schaute ich zu, wie Anni bis unter das Glasdach schwebte und mit dem Kopf gegen die Scheibe knallte. *Wumms!*

Anni fuchtelte wild mit den Armen, drehte sich in der Luft und trudelte in die Tiefe. Unsanft knallte sie neben mir auf die Erde.

»Boah!«, stöhnte sie und rappelte sich auf. Einen Maulwurfshügel hatte sie platt gemacht.

Die zerzauste Anni lachte nur und stieß sich wieder von der Erde ab.

»Ich fliiieeegeee!«, juchzte sie. »Ich bin ein Vooogeeel!«

Wie ein Vogel sah sie eigentlich nicht aus. Eher wie eine hüpfende Riesenerbse.

»Kooomm!«, rief Anni. »Riech

an der letzten Flugzeugpflanze. Wir fliiieeegeeen zusammen!« Sie flog eine hübsche Kurve.

Ich schaute mir das Pflänzchen etwas genauer an. Es hatte einen langen, dünnen Stiel. An dem hingen mehrere kleine Knospen in verschiedenen Höhen. Und tatsächlich hatte die eine Knospe ihre Hülle schon etwas geöffnet. Ich erkannte orangefarbene Blütenblättchen. Antennen wie bei Ludmilla konnte ich nicht entdecken.

»Mach schon!«, rief Anni von oben und juchzte laut. Sie flatterte mit den Armen.

Also steckte ich meine Nase in diese halbgeöffnete Blüte und holte tief Luft. Erst merkte ich überhaupt nichts. Doch dann breitete ich meine Arme aus und stieß mich vorsichtig ab. Ich hatte ja bei Anni gesehen, dass man am Anfang nicht zu viel Tempo machen durfte.

»Oooaaahhh!«, schrie ich beim Abheben. Nicht vor Schreck, sondern weil es so unglaublich toll war. Wie im Traum. Wie oft hatte ich mir schon gewünscht, nur *einmal* fliegen zu können! Und jetzt schwebte ich immer höher und immer höher über den Maulwurfshügeln! In meinem Bauch tanzten viele kleine Glückskäfer.

Wumms, knallte ich gegen das Glashausdach. Anni packte meine Hand. Und so schwebten wir gemeinsam in luftiger Höhe.

»Ich bin ein Vooogeeel!«, kreischte ich.

»Du musst immer wieder vorsichtig mit den Armen flattern!«, rief Anni.

Wir flatterten und lachten und flatterten und lachten. Immer mutiger wurden wir. Ich konnte schon nach kurzer Zeit einen Purzelbaum in der Luft. Und Anni stürzte sich im Sturzflug in die Tiefe, um dann knapp über den Maulwurfshügeln mit flatternden Armen in der Luft stehen zu bleiben.

Unter mir huschte eine graue Maus zwischen den Pflänzchen umher. Konnte das Knox sein?

»Ich will draußen fliegen!«, kreischte Anni. »Frei wie ein Vogel!«

Auf der Lichtung zu fliegen brachte noch mehr Spaß. Wir drehten Runde um Runde, wirbelten durch die Luft und betrachteten den verwilderten Garten von oben. Die runde Blumenwiese sah aus wie ein gepunkteter Teppich und unser Farn wie ein gemütlicher Sitzsack.

»Meinen Schuh kann ich nirgends entdecken!«, rief Anni.

Ich flog an einer Tanne steil nach oben und entdeckte in den obersten Ästen ein kleines Vogelnest mit wunderhübschen, bläulich schimmernden Vogeleiern. Als ich noch etwas in die Höhe flatterte, konnte ich über die Tannen bis zum Hexenhäuschen schauen.

Was blitzte dort so schwarz auf? Fast wäre ich vor Schreck abgestürzt.

»Anni!«, rief ich atemlos. »Anni, beim Hexenhaus steht ein großes, schwarzes Auto! Vorhin stand es da noch nicht!«

Anni trudelte leicht. Und flatterte dann hektisch mit den Armen.

»Wenn das Herrn Bovists Auto ist, kann das Riesenvieh nicht weit sein!«, rief sie.

Und tatsächlich! Unter uns trabte genau in diesem Moment der graue Wachhund auf die Lichtung. Seine Ohren waren wachsam aufgestellt. Entdeckt hatte er uns noch nicht.

»He, du!«, brüllte Anni. »Wo ist mein Schuh?«

Der Hund bellte.

»Pscht!«, rief ich ihr zu. »Herr Bovist kann nicht weit sein!«

»Abfluuug!«, rief Anni und flog als grüner Blitz in einer engen Kurve auf den Dschungel zu.

Jetzt tobte der Hund. Selbst aus dieser Höhe konnte ich sein fieses Gebiss sehen. Ich flatterte wie wild mit den Armen. Und tauchte zwischen die Baumkronen des Dschungels ein.

Anni traf ich auf der Mauer wieder. Sie saß da und baumelte mit den Beinen. Vorsichtig flatternd setzte ich zur Landung an. Anni hielt mich an den Beinen fest, damit ich auf der Mauer nicht das Gleichgewicht verlor.

»Kurze Zwischenlandung«, sagte Anni. »Dann fliegen wir weiter!«

Ich musste erst einmal Luft holen.

Anni klatschte in die Hände. »Ich kann es noch gar nicht fassen! Ich bin geflogen. Und zwar nicht im Flugzeug wie Hinz und Kunz, sondern wie ein Vogel! Und weißt du, was wir jetzt machen? Wir schauen uns unser Wohnviertel von oben an. Und wenn du weißt, wo Frau Wacker wohnt, landen wir auf ihrem Balkon und besorgen uns die Mathearbeit, die wir morgen schreiben.«

Ihre Augen blitzten, ihre grünen Lippen grinsten.

Ich sagte: »Wenn du jetzt zu Frau Wacker fliegst, können dich alle sehen, die mal eben zum Himmel schauen. Und dann ist der Teufel los. Fliegende Kinder, stell dir die Aufregung mal vor.«

Anni schaute schon nicht mehr ganz so begeistert. »Aber die Idee mit Frau Wacker und der Mathearbeit ist gut, dass musst du zugeben.«

Ich zog die Leiter auf die Mauer und sagte: »Wir verduften erst einmal. Wenn Herr Bovist den plattgedrückten Maulwurfshügel sieht, weiß er sofort, dass wir im Gewächshaus waren. Und sucht uns! Um die Mathearbeit kümmern wir uns später!«

Vorsichtig ließ ich die Leiter auf der Schuppenseite wieder runter.

»Na gut!«, rief Anni. »Aber wenn ich schon mal fliegen kann, benutze ich ganz bestimmt nicht diese wackelige Leiter für den Abstieg.«

Anni richtete sich auf, streckte die Arme aus und stieß sich ab.

Und was soll ich sagen: Die arme Anni plumpste wie ein Stein gerade nach unten und landete mit einem dumpfen Aufprall neben dem Schuppen.

Jetzt war Anni nur noch hellgrün. Ich wusste aber nicht, ob der Zauber schon nachließ oder ob sie vor Schmerzen ganz blass geworden war. Sie hielt sich das Handgelenk und wimmerte und fluchte abwechselnd.

Ich überlegte angestrengt. Anni war immer noch auffällig grün. So konnte ich sie nicht auf die Straße lassen. Aber Anni stöhnte immer lauter.

Also nahm ich einen meiner hübschen Vogelvorhänge aus dem Schuppen und legte ihn über Annis Kopf. Ich zupfte den Stoff so tief über ihr Gesicht, dass selbst das grüne Kinn darunter verborgen war. Zügig führte ich die grüne Braut aus dem Garten und die Scheffelstraße entlang bis vor unser Haus. Da stand leider die Bärbel.

»Haha!« Sie lachte. »Spielt ihr beiden *Blinde Kuh*?«

»Neee!«, rief Anni unter ihrem Vogelschleier hervor. »Wir spielen Königshochzeit!«

In der Küche wickelte ich Anni ein Kühlakku um ihr Handgelenk.

»Wie siehst du denn aus?«, fragte plötzlich Leni.

Sie stand in der Küchentür und glotzte die grüne Anni an.

Die hatte mir gerade noch gefehlt. Ich kramte in meinem Kopf nach einer schlauen Ausrede.

Anni stöhnte: »Ich bin gestürzt und auf mein Handgelenk geknallt. Leider werde ich bei starken Schmerzen immer ganz grün!«

»Krass!«, sagte Leni. »Und echt hässlich!«

Dann untersuchte sie Annis Handgelenk.

»Bestimmt gebrochen«, sagte sie. »Was macht ihr für einen Käse? Bist du vom Baum gefallen? Mann, Mann, Mann! Mama müsste gleich da sein. Kein Wort davon, dass ihr beim Schuppen wart, kapiert? Du bist auf der Terrasse hingeflogen!«

Ich machte mir vor allem Sorgen um Annis Hautfarbe. Mama würde bei diesem Grün an eine schlimme Krankheit denken. Und Anni ins Krankenhaus bringen. Und die Ärzte würden an Anni herumforschen, weil sie noch niemals nie ein so grünes Kind gesehen hatten.

»Wenigstens wird deine Hautfarbe langsam wieder normal!«, sagte Leni und streichelte Anni über den Kopf. »Bin ich froh, dass ich nicht unter dieser Krankheit leide!«

Als Mama Annis Handgelenk untersuchte, war Anni nur noch blassgrün. Mama rief sofort Renate an. Und als Renate kam und Anni sah, rief sie: »Kind, was bist du käsig im Gesicht.«

Beide Mamas waren sich einig, dass Anni ins Krankenhaus musste. Zum Röntgen.

Arme Anni!

»Du musst jetzt sehr, sehr stark sein«, raunte ich Anni zu, als sie in Renates klitzekleines Auto stieg. »So stark wie ein schwarzer Panther!«

Verfolgt

Freitag, 6. Juni

Stiel: Gebeugt. Er hat keine Kraft mehr. Ich habe ihn mit meinem großen Lineal gestützt.

Blätter: Hängen grau-grün und trocken herunter.

Blüte: Die Blütenblättchen sind sehr, sehr hellblau, fast schon weiß. Einige sind abgefallen.

Ludmilla sieht sooo traurig aus.

»Mama, darf Anni heute bei uns übernachten?«, fragte ich Mama an diesem Freitag sehr, sehr lieb beim Frühstück.

In meinen Hosentaschen drückte ich mir die Daumen.

»Puh!«, machte Mama und pustete in ihre Kaffeetasse. »Ich weiß nicht, ob Anni schon wieder so fit ist. Und schmerzfrei. Sie sah gestern wirklich gar nicht gut aus!«

Leni sagte schmatzend: »Da hättest du sie mal kurz vorher sehen müssen. Da war sie spinatgrün. Echt gruselig!«

Oh-oh!

Aber Mama verdrehte nur kurz die Augen und sagte: »Übertreib nicht so maßlos, Leni. Jeder Mensch bekommt eine käsige Gesichtsfarbe, wenn er große Schmerzen hat. Vielleicht sogar mit einem leicht grünlichen Unterton.«

Leni verdrehte auch die Augen. Und ging Zähneputzen.

»Bitte, Mama! Anni braucht Ablenkung. Und bei mir würde endlich mal wieder eine Freundin übernachten!«

Zur Sicherheit schmatzte ich Mama einen dicken Kuss auf die Nase. Das mag Mama sehr.

»Ach, Tilda-Schatz, ich bin so froh, dass du wieder eine Freundin gefunden hast«, sagte Mama. »Und mit Anni kannst du bestimmt die allertollsten Abenteuer erleben. Ich klär das mit dem Übernachten gleich nachher!«

Anni war mit ihrem blauen Gips noch sehr beweglich. Meine Brotbox mit dem Matschekäsebrot bekam sie in der Pause ohne Probleme auf.

»Ich bin ein Glückspilz«, sagte sie mit vollem Mund. »Stell dir vor, ich hätte mir das Bein gebrochen, *das* wäre

richtig, richtig doof. Mit nur einem Handgelenk kann man aber wunderbar über Mauern klettern.«

»Wenn deine Mama einverstanden ist, darfst du heute bei mir übernachten. Ich hoffe, du kannst auch im Dunkeln über Mauern klettern!«, sagte ich.

»Eigentlich ist dieses Wochenende Papa-Wochenende«, erzählte Anni. »Aber jetzt musste er total kurzfristig nach China fliegen. Wegen seiner Arbeit. Ich habe Papa schon zwei Wochen lang nicht gesehen!«

Ich konnte mir überhaupt nicht vorstellen, meinen Papa zwei Wochen lang nicht zu sehen.

Ich streichelte Annis Gipsarm. »Da ist es doch prima, wenn du bei mir schlafen darfst. Dann bist du abgelenkt! Und wir können weiter nach den Zauberblumen forschen!«

Anni antwortete: »Das stimmt! Und weißt du was? Papa hat versprochen, mir die grünen Turnschuhe noch einmal zu schenken. Ohne Mama etwas zu verraten!«

Endlich mal gute Nachrichten.

Dann erzählte ich Anni von meinem Plan. Den hatte ich am Vorabend noch ausgetüftelt. Als Anni im Krankenhaus war.

»Hör mal Anni, ich hab mir was überlegt: Wir müssen unbedingt mitten in der Nacht in Herrn Bovists Garten klettern. Wenn er und sein Wachhund tief und fest schlafen. Vor lauter Fliegerei haben wir gestern die Pflanzen ganz vergessen. Wo sind die alten Zwerge und Flugzeuge, die mit Ludmilla im Gewächshaus standen? Und warum wachsen jetzt schon wieder neue Flugzeuge und Zwerge? Warum züchtet Herr Bovist überhaupt diese Zauberpflanzen?«

Anni nickte. »Wir müssen in das Arbeitshäuschen. In dem großen Buch steht bestimmt alles Wichtige über Ludmilla und die anderen Zauberblumen drin!«

Ich dachte an Ludmillas traurigen Anblick. Sie hatte einige Blütenblättchen verloren. Und Antennen. Überhaupt hatte sie am Morgen fürchterlich mitgenommen ausgesehen.

»Genau!«, antwortete ich. »Vor allem müssen wir das Geheimnis *schnell* lüften. Bevor Ludmilla mausetot ist!«

Nach der letzten Schulstunde saßen Anni und ich auf der Garderobenbank vor dem Klassenzimmer, und ich half ihr, die Sandalen zuzumachen.

»Wie fandest du eigentlich die Mathearbeit?«, fragte ich Anni.

Bei mir war es nicht so gut gelaufen. Wegen der ganzen Aufregung der letzten Tage war ich überhaupt nicht zum Üben gekommen.

»Tja«, sagte Anni. »Wahrscheinlich bin ich doch kein Glückspilz. Sonst hätte ich mir ja wohl die *rechte* Hand gebrochen, und dann hätte ich die Mathearbeit überhaupt nicht schreiben müssen. Keine einzige Klassenarbeit in den nächsten sechs Wochen!«

Also war es bei ihr auch nicht so gut gelaufen.

Plötzlich stand Emil vor uns.

»Was willst du?«, fauchte ich.

»Bleib locker! Dein Opa wartet vor der Schule auf dich.«

Da staunte ich aber. Opa hatte mich noch nie von der Schule abgeholt.

Emil grinste. »Dein Opa hat die gleiche Sturmfrisur wie du!«

»Witzig wie ein Knallbonbon!«, sagte Anni.

Ich kaute auf meiner Unterlippe, bis es wehtat. Mein Opa hat eine Glatze!

Plötzlich wusste ich, wer da draußen am Schultor lauerte.

»Ist mein Opa ganz schwarz angezogen?«, fragte ich Emil.

Er kratzte sich am Kopf. »Ja, glaub schon.«

»Und trägt er eine große Sonnenbrille?«

»Ja-ha!«, machte Emil.

Aha.

»Danke«, sagte ich. »Und tschüss jetzt!«

Emil schlurfte über den schwarzen Gummiboden davon.

»Herr Bovist!«, stellte ich fest. »Jetzt lauert er uns schon vor der Schule auf.«

»Los!«, sagte Anni. »Wir verstecken uns im Mädchenklo!«

»Da können wir aber nicht sehen, was Herr Bovist treibt. Jetzt sind *wir* die Geheimagenten! Besser, wir nehmen den Ausgang bei der Turnhalle. Und pirschen uns von hinten an das Schultor ran«, schlug ich vor.

Ich wuchtete meinen Schulranzen auf den Rücken und bahnte mir einen Weg durch den vollen Gang. Stoßend und rempelnd drängelten alle anderen Kinder in Richtung Hauptausgang. Nur Anni und ich wollten zur Turnhalle. Das musste ich auch Herrn Klein erklären, der sich uns an der Treppe in den Weg stellte.

»Wohin die Damen?«, fragte er.

Der große Herr Klein ist immer sehr lustig.

»Wir müssen heute den Hinterausgang bei der Turnhalle benutzen«, erklärte ich ihm.

»Warum?«, fragte er zurück.

Ja, verflixt!

Anni sagte: »Ich bin neu an dieser Schule, und meine Mama wartet in der Straße hinter der Schule auf uns!«

Herr Klein zwirbelte seinen Schnurrbart. »So-so!«

Endlich trat er einen Schritt zur Seite.

»Ab morgen soll die Frau Mama bitteschön am großen Schultor warten!«, rief er uns noch hinterher.

Ich hüpfte die Treppe hinunter, immer zwei Stufen auf einmal. Den düsteren Gang entlang und durch die Glastür ins Freie. Mein polternder Schulranzen übertönte fast Annis Schnaufen. Ihr Haar flatterte wie eine Piratenfahne hinter ihr her. Hinter der Turnhalle bogen wir in die Schulstraße ab. Meine Seite zwickte. Jetzt mussten wir vorsichtig sein!

Ich zog Anni hinter einen großen Müllcontainer auf

Rädern. Von hier hatten wir die Schule und das Tor im Blick.

»Eine prima Agentenzentrale«, bemerkte Anni.

Vor dem Schultor funkelten wartende Autos in der Mittagshitze. Und viele, viele Mamas und ein paar Papas lachten und schimpften vor dem Schultor. Kinder purzelten wie bunte Smarties aus dem Schulgebäude. Aber wo steckte die schwarze Krähe in dem Gewusel?

Ich hielt nach der weißen Sturmfrisur Ausschau. »Herr Bovist ist in seinen Agentenkleidern einfach zu gut getarnt.«

Endlich stiegen die Kinder in die Autos, und die Eltern fuhren los. Die Sicht auf das Schultor wurde immer besser.

Plötzlich sah ich ihn. Er saß auf dem kleinen Mäuerchen bei den Fahrradständern. Seine Haare leuchteten in der Sonne wie ein Berg Zuckerwatte. Er starrte auf das Schultor und die wenigen Kinder, die noch die Treppe herunterkamen.

»Am besten warten wir, bis Herr Bovist keine Lust mehr hat, auf *uns* zu warten!«, raunte ich.

Zu lange durfte es allerdings nicht dauern. Ich musste noch beim Kiosk haltmachen. Der Kiosk liegt auf dem

Schulweg und hat die leckersten Melonenkaugummis der Welt. Die sehen aus wie echte Melonen. Nur in ganz klein. Ein Kaugummi kostet zehn Cent, und Leni hatte mir am Morgen Geld für zehn Melonen gegeben. Eine durfte ich davon behalten.

Anni stupste mich an. »Da kommt Emil.«

»Ich habe Matilda Bescheid gesagt!«, rief Emil und winkte Herrn Bovist zu. »Die ist schon längst gegangen.«

Herr Bovist strich sich über sein Haar und stand auf. Er guckte noch mal über den Schulhof. Dann richtete er seine schwarze Sonnenbrille auf die Schulstraße.

»Runter!«, zischte ich.

Klitzeklein kauerten wir hinter unserer Tonne. Jetzt konnte ich nicht mehr beobachten, was Herr Bovist machte. Ich spähte unter dem schwarzen Müllmonster durch. Mein Schulranzen rutschte mir auf den Kopf. Das tat weh. Aber egal.

Herrn Bovists Schuhspitzen zeigten auf uns.

»Bleib ja unten. Er guckt in unsere Richtung!«, raunte ich Anni zu.

Herr Bovists Schuhspitzen drehten sich weiter. Weg von uns. Endlich gab Herr Bovist auf. Er ging die Schulstraße hoch und war verschwunden.

Anni zog mich am Schulranzen hoch.

Sie lachte und sagte: »In deiner Wange stecken lauter Steinchen!«

»Anni, wir müssen sehr, sehr *vorsichtig* sein. Herr Bovist ist ganz dicht an uns und Ludmilla dran!«

Nach dem Abendessen setzte Renate Anni bei uns ab. Ich hatte die Gästematratze unter meinem Bett vorgezogen und ein gemütliches Nachtlager für sie gerichtet. Mit ganz vielen Kissen und so.

»Jetzt müssen wir nur noch warten, bis Mama und Papa im Bett sind«, stellte ich fest. »Und dann geht's los!«

Anni stellte sich vor mein riesiges Wandbild. Es ist ein Dschungel. Ich hatte ihn mit Pinsel und Farben an die Wand gemalt.

»Toll!«, sagte Anni. »Richtig, richtig toll ist dein Dschungel. Und du hast so viele Tiere darin versteckt!« Das stimmt. In meinem Dschungel kann man viele Tiere entdecken. Sogar einen kleinen Hund. Obwohl es Hunde in echt gar nicht im Dschungel gibt.

Um die Wartezeit bis zum Schlafengehen zu verkürzen, malten Anni und ich einen schwarzen Panther in meinen Dschungel.

»Das bist du«, sagte ich.

Anni guckte erstaunt.

»Deine schwarzen Haare sehen aus wie ein Pantherfell«, erklärte ich ihr. »Für mich bist du ein Panther.«

Anni freute sich. »Dann bist du ein Allfarblori.«

»Ein was?« Davon hatte ich ja noch nie gehört!

»Das ist ein Vogel, der im Dschungel lebt«, erzählte Anni. »Er hat ein ganz, ganz buntes Gefieder. So bunt wie deine Kleider. Ein Allfarblori ist wunderschön.«

Wir malten einen Allfarblori in meinen Dschungel. Und weil Annis Kleider mindestens genauso bunt wie meine sind, malten wir noch einen zweiten Allfarblori dazu.

»Die sind sowieso nicht gerne allein unterwegs«, sagte Anni.

Ich war auch lieber mit Anni unterwegs.

»Du hast echt Glück mit deiner Mama!«, sagte Anni und malte dem Allfarblori noch ein paar blaue Federn. »Ich darf daheim nur mit Holzstiften malen. Oder mit Wachsstiften, die machen auch keine Sauerei. Und ich muss einen Malkittel anziehen. Und eine Wand dürfte ich natürlich niemals in einen Dschungel verwandeln, das ist so klar wie Klößchenbrühe!«

Ja, da hatte ich wirklich großes Glück mit meiner Mama. Es war ihr sogar egal, dass ich beim Malen manchmal auf den Boden tropfte. Oder mein Kleid mit Farbe bekleckste.

»Ein Farbklecks mehr oder weniger auf ihren bunten Kleidern ist doch wohl auch egal«, sagte sie immer zu Papa, wenn der mit der Wäsche dran war.

Mama kam in mein Zimmer und bewunderte unsere neuen Tiere. »Macht euch langsam mal bettfertig, es ist schon spät. Papa und ich gehen auch schlafen.«

Draußen war es dunkel.

Anni und ich putzten uns die Zähne, und ich half ihr in

den Schlafanzug. An- und ausziehen ist mit einem Gipsarm nämlich ganz schön schwierig. Dann legten wir uns in die Betten. Mama und Papa sagten uns Gutenacht. Leni kam vorbei, um sich eine CD zu leihen. Wir warteten.

»Ein bisschen unheimlich ist die ganze Sache ja schon«, flüsterte Anni. »Ich meine, so im Dunkeln im Dschungel und das Riesenvieh und so!«

Tja!

»Wir *müssen* aber im Dunkeln hin! Im Hellen kommen uns Herr Bovist und sein Wachhund immer in die Quere. Pass auf: Wir sind wirklich gut vorbereitet. Unsichtbar kann uns überhaupt nichts passieren. Und zur Sicherheit stecken Ludmilla und die Salamettis im Rucksack«, versuchte ich, uns Mut zuzusprechen.

In meinem Bauch rumorte es. Das sagte ich Anni aber lieber nicht.

Ich erzählte ihr ein bisschen aus dem *Dschungelbuch*. Das liebe ich. Wenn ich groß bin, würde ich am liebsten Mogli heiraten. Aber das geht natürlich nicht.

»Schläfst du?«, fragte ich nach einer Weile.

»Ach was«, antwortete Anni.

»Ich höre nichts mehr. Ich glaube, die schlafen alle. Wir sollten uns umziehen.«

Ich hatte dunkelblaue und schwarze Kleidungsstücke von Finn und Jonas gemopst. Wir konnten ja schlecht als Allfarbloris durch die Nacht schleichen. Also für den Fall, dass Ludmillas Zauber nicht mehr wirkte! Und um meine hellen Locken wickelte ich ein schwarzes Tuch von Mama.

»Huuu!«, machte Anni. »Jetzt musst du dir nur noch das Gesicht schwarz anmalen. Deine Sommersprossen leuchten in deinem weißen Gesicht!«

Ich fand die Idee gar nicht schlecht, aber die Faschingsschminke steckte in Mamas Schminkkommode, und die steht neben Mamas Bett. Viel zu riskant!

Zum Abschluss stopften wir noch Kuscheltiere unter die Bettdecken.

»Mach mal das Licht aus«, sagte ich zu Anni.

Im schwachen Schein meines Nachtlichts sah es wirklich so aus, als ob wir in unseren Betten lägen.

»Perfekt«, flüsterte Anni.

Unsichtbar schlichen wir am Schlafzimmer meiner Eltern vorbei. Papa schnarchte. Sehr gut, dann hatte Mama bestimmt ihre Ohrstöpsel in den Ohren.

Durch die Terrassentür schoben wir uns in die Nacht hinaus.

In der Nacht

Draußen war alles dunkel und still. Kein einziges Auto fuhr durch unsere Straße. Jeder Schritt hallte wie in einer Höhle. Tausend Motten flatterten um das warmgelbe Licht der Straßenlaternen.

Richtig unheimlich wurde es erst im Garten meiner Großeltern. Hier war die Nacht *pechschwarz*. Ich hatte mir Papas superhelle Stirnlampe geliehen. In ihrem Lichtstrahl standen die Büsche und Bäume wie Riesen um uns herum.

Bewegte sich dort vorne etwas? Nein, es waren nur Äste, die sich wie lange Riesenarme nach uns ausstreckten.

Mit der langen Holzleiter kletterten wir flink wie Frettchen über die nachtschwarze Mauer. Dass eines der Frettchen einen Gipsarm hatte, fiel dabei überhaupt nicht auf.

In Herrn Bovists Dschungel war es dann *noch* gruseliger. Hier raschelte es, dort drüben knackste ein Ast. Ich umklammerte meine Stirnlampe. Was huschte dort vorne durch meinen Lichtstrahl?

»Wenigstens weiß ich mit dem Lichtschein immer, wo du bist!«, flüsterte Anni.

Stimmt, auch Annis schwacher Taschenlampenstrahl hopste hinter mir auf und ab.

Wieder schoben wir uns durch den Farn. Eine wuschelige Katze stob fauchend davon. Wir huschten über die Lichtung in das Wäldchen. Folgten dem Tannennadelpfad und standen schließlich neben der Hecke vom Vortag.

»Herr Bovist ist noch wach!«, flüsterte ich.

Das Wohnzimmerfenster war hell erleuchtet. Konnte der Kerl um diese Uhrzeit nicht einfach schlafen?

»Lass uns zum Arbeitshäuschen schleichen. Da ist alles dunkel«, wisperte Anni.

Wir hatten die Taschenlampen ausgeknipst. Meine Augen gewöhnten sich schnell an die Dunkelheit. Ich schlich durch das raschelnde Gras auf das kleine Hüttchen zu. Und drückte den Türgriff.

»Es ist nicht abgeschlossen!« Ich konnte unser Glück kaum fassen.

Im Häuschen schien etwas Mondlicht durch das kleine

Fenster. Ich erkannte die schwarzen Büchertürme auf dem Boden. Hinter mir rumpelte es.

Anni schimpfte: »Hier steht aber auch alles rum!«

Sie hatte einen Bücherstapel umgestoßen. Hoffentlich hatte der Wachhund nichts gehört!

Langsam tastete ich mich zum Schreibtisch vor und knipste meine Stirnlampe an. Der Lichtschein tanzte über das riesige, alte Buch. Der rissige Lederumschlag müffelte wie Opas alte Arbeitshandschuhe. Ich brauchte beide Hände, um den Buchdeckel aufzuschlagen.

»Was für eine seltsame Schrift.«

Verschnörkelte Buchstaben schlängelten sich als Wörter und Sätze über die Seiten. Ich kniff die Augen zusammen, aber ich konnte wirklich kein einziges Wort entziffern. Zwischen den Buchstabenschlangen waren wunderschöne Zeichnungen von Blumen. Die Farben waren zwar etwas ausgeblichen, doch ich erkannte Blüten in blau, gelb, rot, rosa, lila und in orange.

Ich erzählte Anni: »Vor ein paar Wochen hatten wir in Sachkunde das Thema *Schule früher*. Da haben wir gelernt, wie es vor ungefähr hundert Jahren in der Schule war. Die Kinder wurden vom Lehrer gehauen und in die Ecke gestellt. Na ja, und damals wurde eben auch so verschnörkelt geschrieben.«

»Also glaubst du, dass dieses Buch schon hundert Jahre alt ist?«, fragte Anni.

Ich nickte und blätterte die großen Seiten eine nach der anderen um. Ungefähr bei der Hälfte des Buches änderte sich plötzlich die Schrift.

»Schau mal, ab hier kann ich die Schrift lesen. Bei dieser Pflanze steht: *Familie der Korbblütler. Höhe fünfzehn Zentimeter. Blütenblätter und Kronblätter gelb. Wechselständige Blattstellung. Der Verzehr dreier Blüten ruft eine halbstündige Lachsalve hervor, die nicht zu unterbrechen ist.*«

Anni lachte.

Ich blätterte weiter. »Bei dieser Pflanze steht, dass man sich aus der getrockneten Blüte einen Tee zubereiten soll. Trinkt man ihn, wachsen am ganzen Körper große Warzen, die erst nach einer Woche wieder verschwinden!«

»Iiihhh!«, machte Anni.

»Die Blume brauche ich«, sagte ich. »Für Emil. Dieses Ekelpaket kann ruhig mal eine Woche mit Warzen rumrennen. Wie eine Kröte!«

Auf der nächsten Seite las ich Anni vor: *»Riechst du an dieser kleinen lila Blüte, bist du schnell wie ein Gepard!* Und durch den Zauber dieser blauen Glockenblümchen kannst du eine halbe Stunde unter Wasser tauchen! Ist das nicht der helle Wahnsinn?«

»Und hier!«, rief Anni. »Wenn du an der Blüte dieser wunderschönen orangefarbenen Blume schnupperst, kannst du springen wie ein Känguru!«

Wieder blätterten wir um und entdeckten eine Blume, aus deren Blütenblättern man eine Salbe herstellen kann. Einen kleinen Klecks davon in die Haut einmassiert, und schon wird man rund wie ein Kugelfisch.

Wir kamen zur letzten beschriebenen Seite des großen Buches.

Ludmillas Beschreibung hatte ich nicht gefunden. Und auch die Flugzeuge und die Zwerge fehlten komplett.

Anni sagte: »Diese drei Pflanzen hat Herr Bovist nicht in sein großes Zauberbuch aufgenommen. Und die Flugzeuge und die Zwerge, die mit Ludmilla im Gewächshaus standen, sind wie vom Erdboden verschluckt! Seltsam, sehr seltsam!«

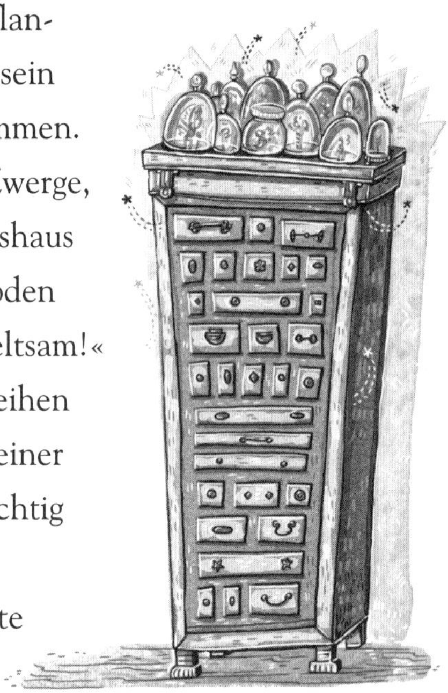

Ich leuchtete die Bücherreihen ab. Der Lichtstrahl blieb an einer schmalen Tür hängen. Vorsichtig schlängelten wir uns um die Büchertürme herum. Ich legte mein Ohr an die Tür. Kein

Geräusch war zu hören. Langsam drückte ich die Klinke nach unten und schob die Tür auf. Dahinter kam ein klitzekleiner Raum zum Vorschein. Eine komplette Wand darin wurde von einem deckenhohen Schrank mit vielen, vielen kleinen Schubladen bedeckt.

Ich zog eine Schublade auf. »Da sind kleine Tütchen drin. Und in den Tütchen sind *Blumensamen*!«

Es waren so viele Samen. Und so viele Tütchen. Und so viele Schubladen. Leider waren auf den Tütchen nur Nummern, keine Namen. Sonst hätte ich mir gleich mal die Samen der Warzenblume für Emil eingepackt.

Anni wisperte: »Schau mal! Hier auf dem Tischchen stehen Blumentöpfe. Mit verwelkten Pflanzen.«

Im Strahl der Taschenlampe sah ich ein paar dürre, braune Pflänzchen müde in ihren Blumentöpfen stehen. In der Erde steckten Schildchen. Flugzeuge und Zwerge.

»Tilda, das sind die Pflanzen, die mit Ludmilla im Gewächshaus standen«, rief Anni.

»Herr Bovist hat sie vertrocknen lassen!« Der würde meine Ludmilla nie und nimmer bekommen. Herr Bovist betrieb Pflanzenquälerei! Aber ich hatte es ja geahnt.

Da sah ich Anni. Schnell hob ich meine Hand. Im Lichtkegel leuchtete sie weiß. Der Unsichtbarkeitszauber wirkte schon nicht mehr.

Plötzlich zischte Anni: »Taschenlampe aus! Schnell!«

Mucksmäuschenstill standen wir im Dunkeln. Und lauschten. Es waren leise Schritte zu hören. Sie näherten sich dem Häuschen. Ich spähte ins Arbeitszimmer.

Ein Taschenlampenstrahl hüpfte am Fenster vorbei.

»Das ist eine Stirnlampe«, wisperte ich.

»Auf Herrn Bovists Stirn«, flüsterte Anni.

Die Stirnlampe lief zur Tür. Es scharrte.

Wumm! Wumm! Wumm!, hämmerte mein Herz.

Ein Schlüssel wurde ins Schloss gesteckt. Es klackte. Die Schritte entfernten sich wieder, und der Lichtkegel verschwand in Richtung Wohnhäuschen.

»Herr Bovist hat sein Arbeitshäuschen abgeschlossen!«, sagte ich und stöhnte.

Anni piepste: »Und ich habe ein noch viel größeres Problem!«

Ich leuchtete das kleine Labor aus.

»Wo bist du denn?«, fragte ich.

»Na, hier unten! Tritt ja nicht auf mich drauf!«

Und da sah ich sie.

Klitzeklein stand sie unter dem Hocker. Sie hatte die Größe meiner Puppenhauspüppchen und kratzte sich mit ihren Minifingern am höchstens walnussgroßen Kopf.

»Was hast du denn jetzt schon wieder gemacht?«, rief ich.

Anni piepste: »Die eine Pflanze da oben hat doch noch eine Blüte. Versteckt unter dem einen Blatt. Aber rieche lieber nicht daran!«

Mein lieber Schwan! Ganz langsam hockte ich mich auf den Boden und strahlte die Zwergen-Anni mit meiner Stirnlampe an. Was sollte ich denn jetzt machen? Wir saßen in der Falle, und Anni hatte die Größe eines Püppchens!

Anni trippelte zu mir her und kletterte wie ein Bergsteiger auf meinen Schoß. Putzig sah das aus.

»Du musst uns hier wegbringen. Wenn mich dieser Wachhund schnappt, frisst er mich mit einem Happs!«, piepste Anni.

Kullerte da eine winzige Träne über ihre Wange?

»Und wie soll ich uns, bitteschön, befreien? Herr Bovist hat das Arbeitshäuschen abgeschlossen. Und du bist mir nicht gerade eine *große* Hilfe!«

Annis streichholzdünne Finger zogen an meinem T-Shirt.

»Das Fenster, Tilda! Du musst mit mir aus dem Fenster klettern!«, rief sie mit ihrem seltsam dünnen Stimmchen.

Logisch, das Fenster!

Ich schnappte Anni und setzte sie auf meine Hand. Federleicht war sie. Ihr klitzekleiner Gipsarm leuchtete blau im Licht der Stirnlampe.

»Halt dich gut fest«, sagte ich und rappelte mich auf.

Auf dem Fensterbrett musste ich sie noch mal absetzen.

»Du wartest hier. Ich springe zuerst und hole dich dann nach. Nicht, dass ich dich beim Landen plattmache!«, erklärte ich ihr.

Soweit klappte alles ganz gut.

Wenig später stand ich mit dem Rucksack auf dem Rücken und Anni auf der Schulter wieder im Freien.

Ich schaute mich um. Beide Häuschen wurden von der Dunkelheit verschluckt.

»Die beiden schlafen wohl endlich!«, piepste Anni.

»Sollen wir noch mal an Ludmilla riechen?«, überlegte ich.

»Lieber nicht«, sagte Annis Stimmchen dicht neben meinem Ohr. »Nachher verlierst du mich noch! Und ich hocke als unsichtbarer Zwerg in diesem Garten herum! Bei der Größe kann ich ja noch nicht mal die Leiter hochklettern, um über die Mauer zu flüchten!«

Ich hatte eine Idee: »Ich rieche an einer Flugzeugblume im Gewächshaus. Und fliege uns nach Hause. Damit du nicht verlorengehst, stecken wir dich beim Fliegen in den Rucksack.«

»Und wieso kann ich nicht selber fliegen?«, piepste Anni. Ihr Stimmchen klang beleidigt.

Ich antwortete: »Weil dich dann die Eule schnappt! Willst du das etwa?«

Da sagte Anni nichts mehr.

Ich huschte über die Wiese und rein in den Tannenwald.

In meinem Bauch fühlte ich einen großen Klumpen Angst. Es war etwas anderes, als mit einer großen Anni durch die Nacht zu schleichen. Eine große Anni konnte einem im Notfall helfen. Eine Zwergen-Anni konnte das eher nicht. Sie saß mit baumelnden Beinchen auf meiner Schulter und klammerte sich an meinen Haaren fest.

Sie rief: »Nicht so schnell. Ich rutsche ab!«

Oder: »Oooh! Mein Po!«

Endlich tauchte die Lichtung mit dem Gewächshaus vor mir auf.

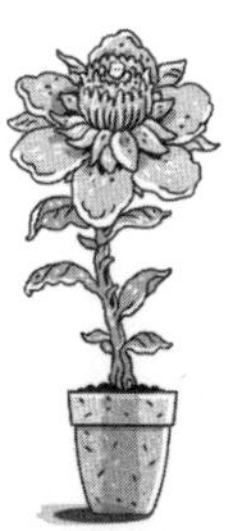

Im Schatten einer Tanne blieb ich stehen und knipste die Stirnlampe aus. Was war das?

Auf der Lichtung standen, gut sichtbar, zwei Gestalten.

Anni quiekte erschrocken. »Siehst du das Riesenvieh?«

»Pscht!«, zischte ich.

Atemlos beobachteten wir die beiden Personen auf der Wiese. Es war nicht Herr Bovist mit seinem Hund.

»Das sind Finn und Jonas!«, flüsterte ich. »Diese elenden Zecken spionieren uns hinterher!«

Jetzt lief aber auch wirklich alles schief: Hinter uns lag das Hexenhaus mit dem finsteren Kerl und seinem Wachhund. Hier stand ich gut sichtbar mit der Zwergen-Anni auf der Schulter. Und vor mir auf der Lichtung lauerten meine nervigen Brüder, die auf keinen Fall die Zauberblumen entdecken durften!

»Wir müssen die beiden vom Gewächshaus weglocken!«, raunte ich meiner Schulter zu.

»Ich kann dir leider nicht wirklich helfen«, sagte Anni bedauernd.

Da hatte sie recht. Meine Gedanken schlugen wieder mal Purzelbäume. Und plötzlich hatte ich eine Idee.

»Halt dich gut fest! Ich schlage mich durch die Büsche bis zu unserem Farn auf der anderen Seite der Wiese«, erklärte ich Anni im Flüsterton.

Ich musste höllisch aufpassen, dass ich im Dunkeln nicht stolperte. Oder Anni von einem Ast von meiner Schulter gefegt wurde. Aber es ging alles gut, und schließlich stand ich hinter unserem Farn.

Die Zwillinge leuchteten mit ihren Taschenlampen gerade das Gewächshaus ab.

»Da ist nichts als Grünzeug!«, hörte ich Finn rufen.

Der flüsterte noch nicht einmal! Was, wenn ihn der Wachhund hörte?

»Achtung!«, wisperte ich. »Gleich muss ich rennen. Willst du in den Rucksack, damit ich dich nicht verliere?«

»Auf keinen Fall! Da sehe ich doch gar nichts!«, piepste Anni.

Also packte ich mit der rechten Hand meine Stirnlampe und mit der linken Hand Anni.

»Au, nicht so doll drücken!«, quietschte Anni.

»Los geht's!«, sagte ich nur und ließ meine Stirnlampe zweimal in Richtung der Zwillinge aufblinken. *Klick-Klack!* Dann rannte ich los. In Richtung Mauer. Äste schlugen mir ins Gesicht und rissen an meinem Turban. Ein paarmal wäre ich fast hingefallen.

Atemlos blieb ich stehen. Und lauschte. Erst hörte ich nur meinen lauten Atem. Dann eindeutig Finns Stimme. Und lautes Knacksen.

»Sie kommen!«, rief auch Annis Stimmchen. Ihr zerzauster Kopf schaute aus meiner Faust heraus.

Wieder blitzte meine Lampe zweimal auf: *Klick-Klack!* Und ich düste los. Bückte mich unter Ästen durch und preschte durch das Gehölz. Endlich tauchte die Mauer auf. Da ich beide Hände voll hatte, kam ich nur langsam die Leiter hoch. Oben setzte ich Anni auf der Mauer ab und legte die Stirnlampe neben sie. Dann wuchtete ich stöhnend die Leiter auf die andere Seite.

Anni feuerte mich an. Geschafft. Mein Atem ging laut wie bei einem Mops.

»Stirnlampe!«, japste ich.

Zweimal leuchtete ich in den Dschungel. *Klick-Klack!* Wieder hörte ich Finn und Jonas. Sie konnten nicht mehr weit sein.

Ich schnappte Anni und schlitterte die Leiter auf dem Po hinunter in Opas Garten.

»Was mache ich mit der Leiter?«, keuchte ich.

»Umwerfen!«, piepste Anni in meiner Hand.

Mit der Schulter gab ich der Leiter einen Stoß. Auf der anderen Seite der Mauer hörte ich meine Brüder.

Flucht!

Ich rannte wie eine Verrückte. Um die Obstbäume rum, durch den Rosengarten, über die Wiese zum seitlichen Gartentor.

»Du schlenkerst so mit den Armen. Mir ist schlecht!«, rief Annis Stimmchen in meiner Hand. »Außerdem hast du ganz schwitzige Hände!«

Ich setzte Anni in eine Turbanfalte.

»Halt dich fest!«, rief ich und galoppierte weiter. »Und halte Ausschau nach den Zwillingen!«

Meine Turnschuhe trommelten nur so über den Asphalt.

»Alles klar?«, rief ich meinem Turban zu.

»Viel besser!«, antwortete das Stimmchen. »Und die Verfolger sind nicht in Sicht!«

Ich flitzte in unsere Straße und kletterte von hinten in den Garten. An der Terrassentür blieb ich stehen. Und lauschte. Da war nur mein Atem zu hören. Und mein Herz. *Wumm! Wumm! Wumm!*

»Weiter!«, rief Anni von oben.

Lautlos huschte ich die Treppe hoch. Papa schnarchte.

In meinem Zimmer setzte ich Anni im Puppenhaus ab.

»Versteck dich«, raunte ich ihr noch zu.

Schon riss ich die Kuscheltiere aus meinem Bett, zerrte mir den Turban vom Kopf und schlüpfe unter die Bettdecke. Mit Rucksack auf dem Rücken. Und Turnschuhen an den Füßen. Bis über die Nasenspitze zog ich die Decke. Nur meine Haare guckten raus. Hoffte ich zumindest.

Schon hörte ich Schritte vor meiner Zimmertür.

Leise wurde sie aufgeschoben. Gaaanz ruhig atmen. Die Schritte näherten sich meinem Bett.

Eine Taschenlampe flammte auf. Sie leuchtete erst auf Annis Kuscheltier-Nachtlager am Boden, dann auf mich in meinem Bett.

Endlich, nach einer halben Ewigkeit, schlichen die Zwillinge wieder aus dem Zimmer.

»Hol mich hier raus!«, rief Annis Stimmchen nach einer Weile.

Ich knipste die Nachttischlampe an und stellte mich

vor das Puppenhaus. Es steht in der Zimmerecke auf einer Kommode. Eigentlich spiele ich schon lange nicht mehr damit. Aber Mama will es noch nicht hergeben. Weil ich es zu meinem dritten Geburtstag von meinen Patentanten bekommen habe. Das Haus ist blau, und man kann es vorne zuklappen. Dann sieht es aus wie eine Villa, mit weißen Fenstern und einer prächtigen Eingangstür. Innen gibt es viele Zimmer und Treppen. Sogar richtige Lampen hat es. Und ein kleines Badezimmer.

Anni saß auf dem rosa Sofa im Wohnzimmer. Ihre Füße lagen auf dem runden Couchtisch. Neben ihr saß der Puppenpapa.

»Sehr gemütlich«, sagte sie. »Nur alles etwas eingestaubt.«

Sie stand auf und lief an den Zimmerrand. Jetzt waren wir auf Augenhöhe.

»Ich muss dringend Pipi!«, sagte sie.

»Aha! Ein Stockwerk höher ist ein kleines Bad«, antwortete ich.

Anni sprang die geschwungene Treppe hinauf. Ich verfolgte sie mit den Augen.

»Links oder rechts?«, fragte sie oben angekommen.

Ich lotste sie durch das hübsche Schlafzimmer mit dem Doppelbett und der gestreiften Bettwäsche. Selbst einen

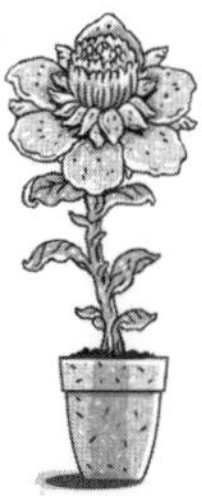

kleinen Schminktisch gibt es. Im Bett lag die Puppenmama.

»Da gibt es aber keine echte Wasserspülung«, rief Anni. Sie stand jetzt vor dem Klo.

»Solange du kein Kacka musst«, sagte ich. »Und so viel Pipi kommt aus dir kleinem Zwerg bestimmt nicht raus.«

»Dreh dich um«, rief Anni.

Ich hörte nicht mal ein Strullern.

Dann musste ich ihr helfen, die klitzekleine Hose hochzuziehen, da sie es mit ihrem Gipsarm nicht richtig hinbekam.

Anni wollte auf keinen Fall im Puppenhaus schlafen. Nicht mal, wenn ich alle Puppen rausgeräumt hätte. Also stellte ich das Doppelbett aus dem Puppenhaus neben mein großes Bett.

Zwergen-Anni schlüpfte unter die gestreifte Bettdecke und gähnte. »Jetzt kann ich nur hoffen, dass ich nicht für immer und ewig ein Zwerg bleibe!«

Das hoffte ich wirklich auch. Das Theater unserer Mamas beim Anblick einer Zwergen-Anni wollte ich mir lieber gar nicht erst vorstellen.

Aufgeflögen

Samstag, 7. Juni

Ludmilla geht es gar nicht gut.

Stiel: Leicht geknickt. Habe ihn mit Tesa am Lineal festgeklebt.

Blätter: Sind vertrocknet und hängen krumpfelig herunter.

Blüte: Hellblau bis weiß. Fast die Hälfte der kleinen Blütenblättchen ist ausgefallen.

Antennen gibt es keine mehr.

Am nächsten Morgen wurde ich von Annis Stöhnen geweckt. In ihrer vollen Größe lag sie neben meinem Bett. Unter sich zog sie das zerquetschte Puppenbett hervor.

»Das kann man bestimmt kleben«, sagte sie.

Was war ich froh, dass Anni kein Zwerg mehr war!

»Meine Güte, wie seht ihr denn aus!«, rief Mama wenig später, als Anni und ich uns an den Frühstückstisch setzten. »Wann habt ihr denn das Licht ausgemacht?«

Sie wartete unsere Antwort nicht ab, sondern plapperte weiter: »Die Zwillinge sind auch noch nicht aufgetaucht. Dabei müssen die noch für ihr Fußballcamp packen!«

»Ach!« Ich war plötzlich hellwach. »Sind die beiden das ganze Wochenende auf diesem Fußballcamp?«

»Ja, bis morgen Abend. Montag ist ja wieder Schule«, sagte Mama und schmierte sich Honig auf ihren Toast.

In meinem Kopf arbeitete es wie verrückt.

»Du, Mama, können Anni und ich mal im Schuppen übernachten? Das wäre so richtig toll!«

»Im Schuppen?«, fragte Mama. »Traut ihr euch das überhaupt?«

»Klar!«, sagte Anni. »Das wäre aufregend!«

Mama hob die Augenbrauen.

»Eigentlich könnten Anni und ich doch *heute Nacht* im Schuppen schlafen. Wir trauen uns das. Wenn was ist, können wir zu Oma und Opa laufen«, sagte ich. Und lächelte Mama ganz, ganz lieb an.

»Also, ich weiß nicht!«, sagte Mama. Ihre Stirn war jetzt ein Wellenbad. »Ihr seht nach der letzten gemeinsamen Nacht schon völlig übermüdet aus. Und dann noch Annis Gips. Macht das doch mal in den Sommerferien!«

»*Bitte*, Mama! Jonas und Finn sind das ganze Wochenende weg, da haben Anni und ich den Schuppen mal ganz für uns allein! Und *du* hättest Papa auch mal wieder ganz für dich!«

Mama biss von ihrem Toast ab. Und lächelte. »Von mir aus. Aber ihr klärt das erst noch mit Renate und Oma.«

Ich schenkte Mama zwei ganz, ganz dicke Küsse.

Weder Renate noch die tollste Oma der Welt hatten etwas gegen eine Schuppenübernachtung.

»Heute Nacht lüften wir Herrn Bovists Geheimnis«, raunte ich Anni zu.

Meine Tasche für die Übernachtung im Schuppen war schnell gepackt. Gerade als ich sie nach unten schleppen wollte, tauchten die Zwillinge in meinem Zimmer auf. Die waren langsam eine echte Plage.

»Ihr übernachtet also im Schuppen?«, fragte Finn.

»Neidisch?«, fragte ich zurück.

»Du möchtest nicht zufällig in fremden Gärten herumschleichen?«, fragte Finn.

»Wieso sollte ich?«, fragte ich zurück.

Finn kniff seine Augen zu kleinen fiesen Schlitzen zusammen.

»An eurer Stelle würde ich endlich ausspucken, was ihr bei diesem Spinner im Garten so treibt. Dann sage ich auch nichts zu Mama und Papa. Das kann ich nicht garantieren, wenn ihr weiterhin auf Geheimniskrämerei macht! Schließlich sind wir die Älteren, wir müssen ein Auge auf euch haben. Und dann bekommt ihr lebenslanges Gartenverbot bei Oma und Opa. Das hast du schon noch im Hinterkopf, Tilda, oder?«

Ich schluckte.

Jonas warf mein Kuschelschwein nach Finn. »Finn ist nur neidisch, weil er selbst noch nie auf die Idee gekommen ist, im Schuppen zu übernachten!«, rief er.

Mama polterte auf der Treppe: »Jungs, bringt mir euer Gepäck! In fünf Minuten ist Abfahrt. Wir lassen Tilda noch bei Oma und Opa raus.«

Finn packte mich am T-Shirt und zischte: »Ich bekomme heraus, was ihr da treibt, das habe ich dir schon mal gesagt. Es ist nur eine Frage der Zeit!«

Oma hatte sich schon Gedanken über unsere Schuppeneinrichtung gemacht.

»Auf dem Speicher müssten noch ein paar alte Kindermatratzen sein. Die könnt ihr euch in den Schuppen legen«, sagte sie und führte uns auf den Dachboden.

Es waren sehr kleine Matratzen. Annis Füße passten nicht mehr drauf.

»Meine Füße mögen frische Luft«, sagte Anni.

»Die Matratzen müffeln!«, stellte ich fest.

Oma lachte. »Im Schuppen müffelt es mindestens genauso!«

Das fand ich zwar nicht, aber wir hatten sowieso keine Wahl.

Anni und ich brauchten ewig, um die Matratzen die enge Speichertreppe runter zu wuchten und durch den Garten zu schleppen. Den kleinen Tisch und die Hocker mussten wir vor den Schuppen stellen. Jetzt passten die Matratzen genau hinein.

»Das wird phantastisch!«, jubelte ich.

Es sah wirklich sehr, sehr gemütlich aus.

Später kamen Oma und Opa mit einem riesigen Picknickkorb bei uns vorbei.

»Wir dachten, wir könnten mit den Urlaubern zu Abend essen«, rief Oma.

Wir setzten uns auf die Hocker. Opa breitete eine Tischdecke auf dem kleinen Tisch aus. Richtig vornehm sah das aus.

Meine Oma stellte Würstchen, hartgekochte Eier, kalte Pfannkuchen, Erdbeeren und sogar Schokoladenpudding auf den Tisch. Anni lud sich ihren Teller rappelvoll.

Nach dem Essen bedeckte uns Oma mit vielen feuchten Küssen. Opa kontrollierte unsere Taschenlampen. Als sie gegangen waren, legte ich Knox ein paar gesammelte Essensreste vor sein Mauseloch. Am meisten würde er sich über den Wurstzipfel freuen.

Jetzt lagen wir satt und zufrieden im Gras neben unserem Schuppen.

»Ich werde gerade sehr, sehr müde«, sagte ich nach einer Weile.

»Mir fallen auch schon die Augen zu.« Anni gähnte.

»Wir dürfen auf keinen Fall einschlafen.« Ich richtete mich lieber wieder auf. Es war noch taghell.

»Weißt du, was mir nicht mehr aus dem Kopf geht?«

»Was?«, fragte Anni schläfrig.

»Herr Bovist hat doch viele, viele Samen. Von allen möglichen Zauberpflanzen. Jede Pflanze hat Samen, sonst gibt es ja keine neuen Blumen. Also muss Ludmilla auch Samen haben.«

Jetzt war auch Anni wieder wach: »Wo ist Ludmilla?«

Wir untersuchten die welke Pflanze sehr, sehr gründlich. Ich wusste, wo bei Sonnenblumen die Samen sitzen, nämlich in der Blütenmitte. Bei Ludmilla war da nichts zu finden.

»So schlaff, wie Ludmilla aussieht, lebt sie nicht mehr lange. Wenn sie die Letzte mit dem Unsichtbarkeitszauber ist, brauchen wir ganz dringend ihren Samen!«

Anni meinte: »Wir können sie schlecht aufschneiden, um die Samen zu suchen. Da bringen wir sie gleich um.«

Nein, an Ludmilla herumzuschnippeln war keine gute Idee.

»Und wenn wir sie Herrn Bovist zurückgeben, damit er wenigstens noch ihren Samen retten kann? Genau wegen der Samen ist er wahrscheinlich hinter uns her«, sagte Anni seufzend.

Ludmilla hergeben? Nie und nimmer.

»Heute Nacht müssen wir in Herrn Bovists Garten eine Lösung finden. Wir schauen noch mal im Zauberbuch nach. Und nehmen die vertrockneten Flugzeuge und Zwerge unter die Lupe. Vielleicht finden wir bei denen die Samen und wissen dann, wo wir bei Ludmilla suchen müssen. Ich hoffe, der Krähenmann und der Wachhund gehen mal anständig früh schlafen!«

Bis es so weit war, guckten wir noch ein paar wichtige Leute in Omas Zeitschriften an. Und wir fanden heraus, dass die schwedische Prinzessin die Allerschönste ist.

»Fändest du es toll, wenn dein Papa König wäre?«, fragte ich Anni.

»Ich wäre schon froh, wenn mein Papa wieder bei uns wohnen würde«, antwortete sie.

»Wo wohnt dein Papa denn jetzt?«, fragte ich Anni.

»Fünfhundert Kilometer nach Norden. In unserem alten Haus.«

Stimmt ja, mit Kurt dem Specht im Garten. Ich wusste, wie weit weg fünfhundert Kilometer waren. Meine Freundin Lea wohnte jetzt auch fast genauso viele Kilometer von mir entfernt, und Papa hatte mir vorgerechnet, dass man mindestens vier Stunden mit dem Auto fahren müsse, um sie zu besuchen.

»Ich wollte auch in unserem Haus bleiben. Und in meiner Schule. Und bei meinen Freunden. Aber Papa arbeitet so viel und muss manchmal auch wegen der Arbeit nach China fliegen. Und nach Indien. Da hätte er gar keine Zeit für mich gehabt. Und ohne Mama wollte ich auch nicht sein.«

Mir tat Anni so, so leid. Und ich war froh, dass meine Eltern sich meistens vertrugen und dass ich Leni und Finn und Jonas hatte. Auch wenn die oft nervten.

»Ich freue mich jedenfalls, dass du hier bei mir bist«, sagte ich zu Anni.

Wir hatten ganz schön lange geredet, aber dunkel war es immer noch nicht.

Um die Zeit zu vertreiben, spielten wir noch einige Runden *Uno*. Endlich war es so dämmerig, dass es schwer wurde, die Zahlen und Zeichen auf unseren Spielkarten zu erkennen.

»Wir sollten langsam los«, sagte ich. »Hoffentlich schlafen Oma und Opa schon. Nicht, dass Oma noch mal hier auftaucht, um uns ans Zähneputzen zu erinnern. Oder uns von Mama und Papa Gutenachtwünsche zu überbringen.«

Anni sagte: »Stimmt! Besser, wir laufen zum Haus und sagen *ihnen* Gutenacht.«

Oma und Opa räumten gerade ihre Gartenstuhlpolster ins Haus. Opa gab uns ein paar Tipps zu herumschleichenden Tieren in der Nacht, und Oma küsste uns ausgiebig. Auch wir wünschten beiden einen *tiefen* Schlaf.

Es war inzwischen dunkel geworden, und nach und nach gingen die Lampen im Haus aus. Es knackte und rauschte um uns herum.

Ein leuchtender Vollmond stand direkt über uns.

Schön sah das aus.

Wenig später standen wir unsichtbar auf der hohen Gartenmauer und leuchteten in das Dickicht auf der anderen Seite. Leider hatte ich Papas supertolle Stirnlampe nicht noch mal stibitzen können. Meine Taschenlampe, wunderschön mit galoppierenden Pferden drauf, leuchtete nur halb so stark.

»Dafür leuchtet der Mond sehr, sehr hell«, sagte Anni.

Den Dschungel durchquerten wir ohne Probleme. Na ja, wir hatten inzwischen wirklich Übung.

Heute rauschte es allerdings mächtig in den Baumwipfeln.

»Das ist der Wind!«, sagte Anni.

Auf dem Boden raschelte es auch. Und das konnte nicht der Wind sein!

Vor mir huschte etwas Kleines durch die Dunkelheit. Meine Taschenlampe konnte mit ihrem mickrigen Strahl nichts erfassen. Ich hoffte einfach mal, dass es eine Maus war. Endlich tauchte der Farn vor uns auf.

Doch was war das?

Das Gewächshaus auf der Lichtung strahlte in hellem Licht!

»Taschenlampe aus!«

Drinnen huschten zwei Gestalten umher. Herrn Bovist erkannte ich an seinem riesigen Mantel und der wilden Frisur. Aber wer war der lange Lulatsch daneben?

Mein Herz galoppierte wieder los. *Wumm! Wumm! Wumm!*

Ich versuchte, in die Füße zu atmen. Den Trick habe ich von Mama. Wenn sie sich aufregt, atmet sie in die Füße.

»Was machen die da?«, wisperte Anni.

Und jetzt erschrak ich noch mehr. Im Mondlicht stand Anni gut sichtbar neben mir.

»In Deckung!« Schnell zerrte ich Anni in die Hocke.

»Mein lieber Scholli!«, fluchte Anni.

»Pscht!!!«

»Ludmillas Zauberkraft hat höchstens zehn Minuten gewirkt!«, flüsterte Anni.

Ich war froh, dass wir die dunklen Klamotten trugen. Auch wenn mir Jonas' Hose ständig über den Po rutschte und es mich unter dem Turban zwickte. Gut getarnt schob ich meinen Kopf über die Farnwedel und beobachtete das Gewächshaus.

»Die buddeln mitten in der Nacht im Beet herum!«

Jetzt belud der Lange eine Schubkarre.

»Sie räumen das Gewächshaus!«

Unglaublich! Wir waren schon wieder zu spät.

Neben mir bewegte sich Anni. Es knackste laut.

»Pscht!«, machte ich.

Und hielt die Luft an. Etwas Haariges erhob sich im

Glashaus und glotzte mit gespitzten Ohren in unsere Richtung.

»Das Riesentier ist auch dabei!«

Herr Bovist trat neben seinen Wachhund und spähte ins Dunkel. Wir duckten uns tiefer hinter den Farn.

Da nahm der Lange die Lampe herunter und stellte sie zu den Pflänzchen in die Schubkarre. Er musste sich bücken, um durch die Gewächshaustür ins Freie zu kommen.

Die Kolonne setzte sich in Bewegung. Vorweg der Lange mit der Karre. Es folgte Herr Bovist mit der Stirnlampe. Das Schlusslicht bildete der Riesenhund. Im Mondschein strahlte sein Fell fast weiß. Herr Bovist sah nicht, dass das Tier stehen blieb, den Kopf in unsere Richtung drehte und die Schnauze witternd in die Luft reckte. Anni klammerte sich an meinem Arm fest.

Endlich senkte es seinen Kopf und trottete hinter den anderen her. Der Tannenwald verschluckte den Lichtschein der kleinen Kolonne.

Stille und Dunkelheit stülpten sich wieder über uns.

»Was jetzt?«, fragte Anni.

Sie hatte ihre Stimme als Erste wiedergefunden.

»Hinterher!«, antwortete ich. »Wir müssen die Pflanzen retten!«

Ich rappelte mich auf und zog Anni am Arm mit nach oben.

»Sollen wir noch mal an Ludmilla riechen?«, fragte Anni.

»Tja! Das bringt uns wahrscheinlich nichts. Bis wir das Tannenwäldchen durchquert haben, sind wir wieder sichtbar«, antwortete ich.

»Aber das Vieh!«, jammerte Anni. »Es hat uns schon gewittert!«

»Und es hat sich nicht mit gefletschten Zähnen auf uns gestürzt!«, versuchte ich, sie zu beruhigen.

Ich nahm ihre gipsfreie Hand und zog sie hinter mir her zum Gewächshaus. Kurz richtete ich meinen mickrigen Lichtkegel in das Glashaus. Die Maulwurfshügel waren zerwühlt. Die Schildchen mit den Flugzeugen und Zwergen fehlten.

»Sie haben wirklich alle Pflänzchen mitgenommen«, stellte ich fest.

In das Tannenwäldchen tauchten wir wie in einen Tunnel ein. Es roch festlich nach Weihnachtsbaum.

Anni stolperte und fluchte.

Ich nahm ihre Hand und hielt sie ganz, ganz fest. »Siehst du, es ist doch gar nicht so schlecht, sichtbar zu sein!«, sagte ich. »Hand in Hand können wir uns nicht verlieren.«

Die Baumwipfel rauschten.

»Da vorne ist Licht!«, flüsterte Anni.

Die Sprossenfenster der beiden Häuschen warfen ihr Licht auf die kleine Lichtung vor uns. Und auf diesem Grasstreifen stand die Schubkarre mit den Pflänzchen! Praktisch zum Greifen nah!

Von Herrn Bovist, seinem Hund und dem Langen war nichts zu sehen und nichts zu hören.

Ich schob Anni hinter die Hecke vom Vortag. Die Büsche gingen uns bis zum Kinn. Stehend hatte man von hier alles im Blick.

Anni flüsterte: »Kein Mensch oder Tier weit und breit. Wir sollten uns ein paar Pflänzchen aus der Schubkarre schnappen. Und dann verschwinden.«

Ich hielt sie fest.

»Da regt sich was!«, flüsterte ich.

Mehrere Lichtkegel tanzten wie Sterne über die Auffahrt. Aus den Sternen wurden Menschen, die vor dem Hexenhaus ihre Taschenlampen ausknipsten. Allen voran Herr Bovist und der Lange.

»Wie viele kommen denn *noch?*«, wisperte Anni.

Ich zählte neun Personen. Nacheinander traten sie durch Herrn Bovists grüne Haustür.

»Dass die da alle reinpassen«, raunte Anni staunend.

Durch die Fenster sah ich, wie manche sich setzten. Andere stellten sich an die Wand.

Als Letztes trat das Tier in den Lichtschein vor dem Haus. Leider verschwand es nicht wie die anderen darin. Schnüffelnd hielt es seinen Kopf in den Wind.

Anni stöhnte.

Jetzt trottete das Tier gemächlich über die kleine Wiese und auf unsere Hecke zu. Immer wieder hob es den Kopf. Seine Nase zuckte.

Wumm! Wumm! Wumm!, galoppierte mein Herz.

Plötzlich konnte ich es nicht mehr sehen.

»Ist es weg?«, kiekste Anni.

Im gleichen Moment raschelte es direkt vor unserer Nase, und etwas sehr, sehr Großes schob sich durch das Gebüsch. Ich knipste mit zittriger Hand meine Taschenlampe an.

Der größte Hund aller Zeiten guckte mich an.

Anni wimmerte.

»Haaallooo!«, sagte ich zu dem Hund.

Er schaute mich mit seinen braun-gelben Augen an.

Anni krächzte: »Hau ab, du alter Wurstschädel!«

Der Hund rührte sich nicht.

Ich säuselte: »Du bist ja ein gaaanz Lieber!«

So macht das Mama immer mit Hunden. Mama liebt Hunde, und die Hunde lieben Mama.

Dieser Hund spitzte seine Ohren. Und zwinkerte. Vorsichtig streckte ich die Hand aus.

Er schnüffelte kurz an meinen Fingern. Dann kraulte ich ihn unterm Kinn. Er setzte sich und schloss die Augen.

»Anni, die Salamettis!«, raunte ich und kraulte weiter.

Mit zittrigen Fingern kramte Anni das Wurstpäckchen aus dem Rucksack und warf es mir vor die Füße.

Das erste Würstchen verschwand ruck, zuck in dem riesigen Maul. Fragend schaute er mich an. Das zweite Würstchen wurde ganz runtergeschluckt.

»Und, was sagt die Tierexpertin?«, fragte Anni aus sicherer Entfernung. »Wird dieses Monstervieh uns fressen, oder reicht ihm die Wurst?«

»Schau dir mal seine Augen an! Ganz lieb gucken die! Ich wünsche mir schon seit Ewigkeiten einen Hund. Nicht unbedingt so einen Riesenhund. Aber ich bekomme nicht mal einen klitzekleinen«, erzählte ich Anni und dem Hund.

»Ich mach mir in die Hose, wenn ich einen Hund nur sehe. Vor allem bei so einem!«, meinte Anni.

»*Ruuupert!*«, schallte es plötzlich bis zu uns hinter die Hecke.

Schnell knipste ich die Lampe aus und spähte durch die dichten Blätter. Herr Bovist stand vor seiner Haustür.

»*Ruuupert!* Wo steckst du?«, rief er noch einmal.

Rupert regte sich nicht.

»Los, Rupert!«, raunte ich und packte ihn am Halsband.

Dieser Rupert war ganz schön störrisch. Ich stemmte mich gegen das Riesentier, um es halbwegs aus der Hecke zu schieben. Jetzt stand Rupert mit dem Vorderteil auf der Wiese, das Hinterteil steckte in der Hecke, und der Schwanz wedelte vor meinem Gesicht hin und her.

»Ja, Rupert, was machst du denn? Willst du nicht reinkommen?«

Rupert wollte nicht reinkommen. Ich drückte noch mal gegen das Hinterteil. Nichts zu machen.

»Na, dann amüsier dich da draußen. Ich lass die Tür offen, ist sowieso stickig hier drinnen«, grummelte Herr Bovist vor sich hin und verschwand wieder im Haus.

»Boooaaah!«, machte Anni.

Rupert kam rückwärts aus der Hecke und setzte sich

wieder neben mich. Er wollte gekrault werden. Und er wollte ein Salametti.

»Für Rupert wäre in dem Miniwohnzimmer sowieso kein Platz mehr«, sagte Anni. Sie beobachtete das Haus. »Wer sind bloß die ganzen Leute? Und warum haben Herr Bovist und der Lange die restlichen Pflänzchen ausgebuddelt?«

»Mitten in der Nacht«, ergänzte ich.

Der Lange stand direkt am Fenster und riss ständig seine Arme in die Luft. Hielt er da drinnen Reden?

»Siehst du Herrn Bovist?«, fragte ich Anni.

»Nee, seine Frisur würde ich überall erkennen!«, antwortete sie.

Rupert grunzte und stupste mich an. Er wollte gekrault werden und ein Salametti.

Ich fasste einen Plan: »Ich rieche an Ludmilla und schleiche unsichtbar zum Häuschen. An der geöffneten Tür kann ich diese Gestalten belauschen. Und auf dem Rückweg zur Hecke schnapp ich mir ein Pflänzchen aus der Schubkarre. Ach was, ich schnappe mir zwei: ein Flugzeug und einen Zwerg. Und dann machen wir unsere eigene Zucht auf!«

»Ich bleibe hier nicht allein mit dem Riesenvieh! Ich komme mit!«, erklärte Anni.

Ich holte Ludmilla vorsichtig aus dem Rucksack.

»Schau sie dir mal an, da brauchst du überhaupt nicht dran zu riechen!«, sagte Anni.

Im Schein der Taschenlampe sah Ludmilla wirklich sehr, sehr welk aus. Ach was, mausetot sah sie aus. Vorsichtig richtete ich den Stängel auf. Die Blüte hatte kaum noch Blütenblättchen.

In diesem Moment senkte Rupert seinen massigen Kopf und schnüffelte an der schlaffen Ludmilla.

»Neeeiiin!«, konnte ich noch rufen.

Doch Rupert war schon verschwunden.

»Mein lieber Scholli!«, rief Anni und japste nach Luft.

»Rupert!«, hauchte ich und starrte auf den leeren Platz neben mir.

Wouuu!, machte Rupert.

»Hoffentlich will Herr Bovist nicht gerade jetzt seinen Hund holen«, sagte Anni mit Strähne im Mund.

Der Taschenlampenstrahl beleuchtete den leeren Platz neben mir.

»Rupert müsste bald wieder sichtbar sein. Wir müssen einfach nur abwarten«, versuchte ich, mich zu beruhigen.

Wouuu!, machte Rupert.

»Pscht!«, zischten Anni und ich.

Ich zerpflückte ein Salametti in kleine Happen. Wir

mussten sparsam mit den Leckerlis umgehen. Wer wusste schon, was noch alles passieren würde. Einen Salamihappen legte ich in den Lichtkegel. Schlürfen, Schmatzen, Stille.

Plötzlich drang wieder Herr Bovists Stimme zu uns hinter die Hecke: »Kommt gut nach Hause!«

»Herr Bovist verabschiedet sich schon von seinen Gästen«, raunte Anni mir zu.

Ich stellte mich neben sie und linste über die Hecke. Dunkle Gestalten verschwanden mit zuckenden Lichtkegeln in der Einfahrt.

Der Lange verabschiedete sich nicht. Er packte behutsam die kleinen Pflänzchen aus der Karre in einen Karton. Herr Bovist trat mit zwei Gläsern wieder ins Freie und setzte sich ächzend auf die Treppenstufe vor der Haustür.

»Komm, setz dich einen Augenblick zu mir«, sagte er zu dem Langen.

Gläser klirrten. »Danke, dass du so schnell gekommen bist.«

Der Lange antwortete: »Klar, wenn Gefahr im Anmarsch ist.«

»Diese Kinder wissen zu viel. Gestern Nacht waren sie in meinem Arbeitszimmer«, sagte Herr Bovist.

Herr Bovist sprach von *uns*!

»Kannst du nicht ihre Eltern informieren? Ich meine, diese Gören dringen in deinen Garten ein und stehlen deine Pflanzen! Ich würde durchdrehen! Oder ihnen den Hintern versohlen!« Der Lange wippte ununterbrochen mit seinem langen Bein.

Mein Bauch rumorte.

»Ach! Erstens würden die Eltern Fragen stellen. Zweitens bin ich zu alt für solch eine Aufregung. Ich habe die Pflanzen lange genug gehütet. Da ich weder Kinder noch sonstige Verwandte habe, bekommst du früher oder später sowieso alle Samen und mein Familienbuch.« Herr Bovist zuckte mit den Schultern. Sein Haar fiel ihm schlaff in die Stirn.

Der unsichtbare Rupert bekam noch einen Salamihappen.

»Wann soll ich die Samen holen?«, drängelte der Lange und zupfte an seinem Fusselbart.

»Lass mir noch etwas Zeit. Nimm einfach die Pflänzchen mit, damit sie in Sicherheit sind. Ich setze vorerst keine Samen in die Erde. Ich mache eine Pause. Und verriegele das Arbeitszimmer.« Herr Bovist trank einen großen Schluck aus seinem Glas.

Anni wisperte mir ins Ohr: »Wegen *uns* schafft Herr Bovist die Pflänzchen weg!«

In meinem Bauch grummelte jetzt ein ausgewachsener Braunbär.

Der Lange sagte: »Ich will nicht noch ewig warten. Du hast mir deine Samen versprochen. Und zwar bald!«

»Kümmerst du dich dann auch um Rupert? Und um diesen Garten? Ich meine, wenn mir mal was passieren sollte?«, fragte Herr Bovist.

Der Lange guckte erstaunt. Und kratzte sich am Kopf. »Äh, klar! Ja, ja, doch, sicher!«

Herr Bovist betrachtete den Langen einige Augenblicke lang. Der wippte immer ungeduldiger mit den Beinen. Schließlich sprang er auf und schnappte sich den Karton mit den Pflänzchen. Der Lange umarmte Herrn Bovist hastig und verschwand in der Auffahrt.

Etwas stupste mich in den Rücken.

»Anni, Rupert ist wieder sichtbar!«, flüsterte ich Anni zu.

Wieder verschwand ein Stückchen Salametti in seinem riesigen Maul.

»Rupert!«, rief Herr Bovist. *»Ruuupert!* Feierabend!«

Rupert neben mir grunzte.

»Lauf!«, zischte ich.

Rupert rührte sich nicht.

»Ich werfe keinen Schuh, so viel steht fest!«, wisperte Anni.

Herr Bovist stand still vor seinem Haus. Stocksteif, wie eine Figur im Museum.

Ewig lang.

Endlich zog er einen großen Schlüsselbund aus der Manteltasche und lief zum Arbeitshäuschen. Sorgfältig schloss er die Tür ab.

»Wo ist er hin?«, fragte Anni.

Gute Frage.

Wouuu!, machte Rupert.

Ein grelles Licht flammte hinter uns auf.

»Hab ich euch erwischt!«

Ich erstarrte. Meine Nackenhaare sträubten sich wie das Fell eines Kampfhundes. Gaaanz langsam drehte ich mich um.

Das Licht blendete wie verrückt, ich konnte niemanden erkennen. Ruperts Schwanz schlug wie ein Taktstock gegen meine Hüfte.

»Rupert!«, rief jetzt eindeutig Herr Bovists Stimme. »Hierher!«

Der Lampenstrahl zeigte nun auf den Hund. Herr Bovists Haar leuchtete weiß auf. Es stand wieder in alle Richtungen ab.

»Ihr kommt jetzt alle mit ins Haus«, dröhnte Herr Bovist.

Wir waren aufgeflogen!

Wumm! Wumm! Wumm!, machte mein armes Herz.

Und der Braunbär in meinem Bauch schlug Purzelbäume.

Herr Bovist scheuchte uns vor sich her in Richtung Häuschen. Waren wir jetzt nicht mehr zu retten, genau wie Tante Ilse gesagt hatte?

Rupert lief dicht neben mir. Wahrscheinlich hoffte er noch auf ein Stück Salametti!

Diesmal betraten Anni und ich das Hexenhaus durch die grüne Tür und standen direkt auf dem wunderschönen Teppich.

»Zieht euch die Schuhe aus!«, knurrte Herr Bovist. »Und setzt euch auf das Sofa. *Rupert! Sitz* und *Pass auf*!«

Herr Bovist verschwand in seinem langen Mantel durch die Küchentür. Die grüne Eingangstür hatte er geschlossen. Aber auch abgeschlossen?

»Flucht?«, raunte ich Anni zu.

Herr Bovist schepperte in der Küche.

Anni flüsterte: »Er hat gesagt, wir wissen zu viel! Braut er uns einen Gifttrunk? Oder verwandelt er uns in Mäuse, und Rupert darf uns als Betthupferl verputzen?«

Auf meinen Armen wucherte eine ausgewachsene Gänsehaut.

»Sollen wir abhauen? Das ist doch wohl die Frage«, fauchte ich.

Doch Anni konnte die Frage nicht mehr beantworten. Herr Bovist betrat das Wohnzimmer mit einem Tablett.

Unter seinem langen Mantel guckten hellgrüne Socken hervor.

Ich lehnte mich in das weiche Samtpolster zurück. Unter meinem Turban juckte meine Kopfhaut wie verrückt.

Umständlich stellte Herr Bovist das Tablett auf den runden Tisch. Ich stierte auf das gelbgrüne Gebräu in den Gläsern. Erst gab er Anni ein Glas. Dann mir. Meine Hand zitterte ein bisschen. Vorsichtig stellte ich den Trunk auf meinem Oberschenkel ab. Ich würde keinen Schluck trinken, so viel stand fest!

Außerdem durfte ich von Fremden kein Essen oder Trinken annehmen, das hatten Mama und Papa mir immer wieder eingebläut.

Ein Schlürfen neben mir ließ mich auffahren.

»Anni!«, rief ich.

Anni hatte ihr Glas schon zur Hälfte geleert.

Herr Bovist lachte dunkel. »Du kannst ruhig davon trinken. Das ist Kräuterlimonade. Einfache Limonade aus den Kräutern meines Gartens. Völlig harmlos!«

Was sollte ich tun? Anni sah noch unverändert aus. Keine Haare überall, kein Grün, und völlig lebendig wirkte sie auch. Ich beäugte die Flüssigkeit in meinem Glas. Sie sah nicht so lecker aus. Ich nippte.

Und was soll ich sagen, diese Kräuterlimonade schmeck-

te richtig gut. Nach den ersten Schlucken sah meine Haut noch normal aus, es waren keine Warzen oder so zu sehen.

Herr Bovist zog sich einen Stuhl heran. Umständlich schälte er sich aus dem zeltförmigen Mantel und hängte ihn über die Stuhllehne. Ich starrte ihn an. Unter seinem Mantel trug er einen Pullover mit Blumen drauf. Da war nicht nur eine Blume drauf. Nein, der Pulli war voll mit Blumen und Blättern. Ich schaute zu Anni. Ihr Mund stand offen, eine nasse Haarsträhne klebte an ihrem Kinn.

Langsam setzte sich Herr Bovist auf den Stuhl. Er glättete seine grünen Hosenbeine. Zum ersten Mal guckte ich

Herrn Bovist in die Augen. Ohne Sonnenbrille. Sie waren braun-gelb wie die von Rupert. Seine buschigweißen Augenbrauen hatte er zu einem grimmigen Balken zusammengezogen.

Ich krallte mich in Ruperts Nackenfell fest.

Herr Bovist fragte mit seiner tiefen Stimme: »Wer seid ihr?«

Der wusste doch, wer wir waren! Aber dies war nicht der Moment für Aufmüpfigkeit, das spürte ich genau.

Also antwortete ich: »Ich heiße Matilda Kannegießer. Du kannst mich aber Tilda nennen.«

Vor lauter Aufregung hatte ich *du* gesagt. Dabei *wusste* ich, dass man zu wildfremden Erwachsenen *Sie* sagt.

Ich stieß Anni in die Seite. Die schlürfte immer noch ihre Limonade.

Anni sagte: »Und ich heiße Annemarie Kummer. Genannt Anni. Aber das weißt du doch schon alles. Du weißt, wo wir wohnen und in welche Schule wir gehen. Und du kennst den Schuppen.«

»Ja, das weiß ich!«, donnerte Herr Bovist. »Aber ich *kenne* euch nicht! Ihr dringt einfach in mein Leben ein, schnüffelt auf meinem Grundstück herum und beklaut mich. Und jetzt habe ich euch hier mitten in der Nacht hinter meiner Hecke erwischt! Da will ich, ver-

dammt nochmal, wissen, wer ihr seid und was ihr von mir wollt!«

Ich schluckte. Selbst Anni sagte keinen Ton.

Schließlich erklärte ich hastig: »Na ja, wir sind zwei neunjährige Mädchen, die eher zufällig in deinen Garten geraten sind. Weil Finn Jonas' Ball über die Mauer geschossen hat. Und weil ich Pflanzen so mag, und weil wir ziemlich neugierig sind, haben wir uns genauer in deinem Gewächshaus umgeschaut. Wo wir eben schon mal da waren! Aber dann ist alles schiefgegangen. Du sahst schrecklich gruselig aus in deinem Mantel, wie eine Krähe.«

Herr Bovist knurrte: »Pah, Krähe! Mein prächtiger Mantel erlaubt es mir, bei jeder Witterung im Garten unterwegs zu sein: Selbst bei Sonnenschein ist es darunter angenehm frisch!«

»Und Rupert ist auch ganz schön groß und furchteinflößend«, erzählte ich weiter. »Wie ein Wolf! Ich wollte Ludmilla nicht mitnehmen. Wirklich nicht. Aber ich musste so schnell wie möglich flüchten, und Ludmilla ist irgendwie mitgeflüchtet!«

Jetzt war ich ganz schön außer Atem.

Herr Bovist hob die Augenbrauen. »Soso, Ludmilla habt ihr meine Pflanze genannt. Ein interessanter Name, ich muss schon sagen!«

Anni und ich nickten.

»Wir hätten dir Ludmilla auch fast zurückgegeben«, erklärte ich. »Aber dann haben wir das viele Gift entdeckt. Und die Flugzeuge und Zwerge waren spurlos verschwunden. Wir wussten nicht, ob du vielleicht alle Pflanzen vergiftet hast! Ich musste Ludmilla wieder mitnehmen! Zu ihrer Sicherheit!«

Herr Bovist rief: »Vergiftet? Aber weshalb sollte ich denn, bitteschön, meine wertvollen Pflanzen vergiften? Das ergibt doch keinen Sinn! Das Gift im Gewächshaus war eigentlich für die Mäuse gedacht. Weil sie mir alles angeknabbert haben! Aber dann habe ich es doch nicht übers Herz gebracht, die Tierchen zu töten.«

Da war ich aber froh, dass Herr Bovist ein Mäusefreund war. Vielleicht lebten in seinem Garten und in seinem Gewächshaus ja die Verwandten von Knox. Oder Knox machte ab und zu einen Ausflug in den Nachbargarten. Nicht auszudenken, wenn der arme Knox und seine Familie einen elenden Gifttod gestorben wären!

Endlich hatte Anni ihr Glas geleert.

»Und wer bist du?«, fragte sie.

Herr Bovists Augenbrauen zuckten: »Mein Name ist Konrad Bovist. Und ich wohne seit achtzig Jahren in diesem Haus. Ich wurde schon hier geboren. Seit sechs Jah-

ren wohnt auch Rupert hier. Er stand eines schönen Tages einfach vor dem Tor.«

»Hast du Zauberkräfte?«, fragte Anni weiter.

Herr Bovist guckte erstaunt. Dann lächelte er zum ersten Mal in dieser nervenaufreibenden Nacht.

»Nein, ich bin kein Zauberer. Aber ich besitze ein riesiges und uraltes Wissen über Pflanzen mit besonderen Kräften«, antwortete er. »Ich habe mein Wissen von meiner Mutter. Meine Mutter hatte es wiederum von ihrer Mutter, also meiner Großmutter. Und so weiter. Schon seit Ewigkeiten wird dieses Wissen in meiner Familie an die Kinder und Enkelkinder weitergegeben.«

»Jetzt aber nicht mehr«, stellte ich fest.

Ich hatte ja vorhin gehört, dass Herr Bovist keine Familie mehr hatte, vor allem keine Kinder.

Herr Bovist seufzte. »Leider habe ich nie eine Frau gefunden, mit der ich mein großes Wissen hätte teilen können.«

Jetzt schauten seine Augen traurig und gar nicht mehr finster.

»Deshalb bekommt der Lange deine Pflänzchen und Samen und dein großes Zauberbuch?«, fragte ich.

»Ja! Gunnar, das ist der Lange, gehört dem *Kreis* an. Wir sind eine Gruppe, die sich ab und zu trifft. Alle haben das

Wissen über Zauberpflanzen, alle haben es von ihren Familien übernommen. Wir tauschen uns aus. Reden über unsere Neuzüchtungen. Helfen uns gegenseitig.«

Anni sagte: »Der Lange hat die Pflänzchen mitgenommen!«

»Das stimmt. Ich hatte von einem Freund aus Frankreich drei neue Pflanzenzüchtungen bekommen. Ich säte sie im Gewächshaus aus. Ich wollte neue Samen erhalten und sie vielleicht in meine große Familiensammlung aufnehmen. Es sind sehr interessante Neuzüchtungen.« Herr Bovist trank einen Schluck Kräuterlimonade. »Leider ist mein Gewächshaus in einem erbärmlichen Zustand. Überall Löcher. Jedenfalls wurden die kleinen Triebe von den besagten Mäusen aufgefuttert. Es blieb von der einen Sorte nur ein Pflänzchen übrig!«

»Ludmilla!«, riefen Anni und ich.

Herr Bovist seufzte wieder. »Ich wollte wenigstens die eine, Ludmilla, retten und pflanzte sie in einen Blumentopf, um sie später mit in mein Labor zu nehmen. Dort wäre sie sicher gewesen!«

»Warum stand sie dann noch in dem Gewächshaus?«, fragte Anni.

»Rupert ging es an dem Tag nicht gut. Er hatte Durchfall, und ich dachte, er hätte vielleicht zu viel von den

Pferdeäpfeln gefressen, die ich zum Düngen meiner Pflanzen frisch vom Bauern bekommen hatte. Jedenfalls hörte ich Rupert beim Haus jaulen. Ich ließ alles stehen und liegen und eilte zu Rupert. Es ist ja auch noch nie zuvor jemand in meinen Garten eingedrungen!«

Ich schämte mich ein bisschen. Und war auch ein bisschen beruhigt: Ein Mäuse- und Hundefreund würde uns Kindern doch bestimmt nichts tun, oder?

Eine Sache musste ich noch fragen: »Warum hast du die Flugzeuge und Zwerge nicht in dein großes Familien-Zauberbuch eingetragen?«

Der alte Mann schüttelte den Kopf: »Ich habe diese Pflanzen nicht selbst getestet. Ich fühle mich zu alt für solch einen Zauber. Wie soll ich nach dem Fliegen denn wieder landen? Mit meinem Rücken! Der schmerzt schon von allein. Nicht vorzustellen, wenn der Zauber mitten in der Luft nicht mehr wirkt und ich mit meinen alten Knochen auf den Boden knalle. *Nein, Nein, Nein!* Alles hat seine Zeit! Und überhaupt, wer würde sich dann um Rupert kümmern?«

Wouuu!, machte Rupert und stupste mich an.

Ich hatte keine Salametti mehr.

»Wir haben die Flugpflanze getestet. Geflogen sind wir aber nur im Gewächshaus. Und ein bisschen auf der Lichtung. Man kann mit dem Zauber wirklich so hoch fliegen wie ein Vogel. Und in engen Kurven kreisen wie ein Raubvogel. Ich konnte sogar einen Purzelbaum in der Luft schlagen.«

Ich guckte auf meine Füße.

Nach einer kurzen Pause fragte Herr Bovist: »Und, habt ihr die Zwergenpflanze auch getestet? Ich weiß nämlich nicht, *wie* klein man durch den Zauber wird. Wie ein Kaninchen oder wie eine Ameise? Ich kann in meinem Alter nicht mehr so schnell rennen. Hier schleichen viele Katzen herum, die würden mich mit Haut und Haaren fressen.«

»Iiihhh!«, machte Anni und schlug sich die Hand vor den Mund. »Ich war wirklich klein wie eine Maus. Ich konnte das Puppenhausklo benutzen und im Puppenbett schlafen!«

Ich schielte zu Herrn Bovist. Böse guckte er nicht.

»Das sind eigentlich gute Nachrichten! So sind wenigstens diese beiden Neuzüchtungen gerettet. Ich werde eure Beobachtungen in mein Familienbuch aufnehmen. Die Samen habe ich getrocknet und sicher verwahrt. Mehr kann ich nicht tun!«, sagte Herr Bovist und erhob sich von seinem Stuhl. Er streckte den Rücken durch. Und ächzte.

Der Braunbär in meinem Bauch legte sich hin.

»Nur von Ludmilla hast du keine Samen!«, stellte ich fest.

Jetzt guckte Herr Bovist ganz, ganz traurig. »Das stimmt. Ludmilla ist verloren!«

Ich fühlte mich auch traurig. Sogar ein leichtes Kribbeln spürte ich in meiner Nase und hinter der Stirn. Womöglich würde ich gleich weinen müssen.

»Ludmilla ist nicht verloren«, sagte Anni. »Sie steckt in deinem Rucksack, Tilda.«

»Ziemlich tot!«, grummelte ich.

»Ludmilla ist hier?«, rief Herr Bovist.

»Ja, hinter der Hecke«, sagte ich.

Schon war Herr Bovist durch die Tür in den Garten verschwunden. Rupert wetzte hinterher. Ich trank meine Kräutermischung aus. Anni spähte aus dem kleinen Fenster.

Endlich tauchte Herr Bovist wieder auf. Vorsichtig trug er den Rucksack.

»Kommt mit!«, rief er uns zu.

Er schloss sein Arbeitshäuschen auf.

»Mein Labor ist euch ja auch schon bekannt«, grummelte er und hielt uns die Tür auf. Rupert drängelte sich einfach vor. Jetzt war es sehr, sehr eng in dem klitzekleinen Zimmerchen. Herr Bovist schlängelte sich an uns vorbei in das dahinterliegende Samenzimmer. Anni und ich blieben an der Zwischentür stehen.

»Was hast du vor?«, fragte ich. »Ludmilla darf nicht leiden!«

Herr Bovist antwortete nicht. Er befreite die Pflanze aus dem Rucksack und stellte sie behutsam auf dem kleinen Tisch ab. Anschließend knipste er eine zusätzliche Lampe an, die an einem langen Arm bis über den Tisch reichte. In dem hellen Licht sah Ludmilla mausetot aus.

Ich seufzte. »Herr Bovist, ich weiß auch nicht, warum Ludmilla so schnell gestorben ist. Ich habe mich wirklich gut um sie gekümmert. Sie hatte es gut bei mir. Ich schwöre es!«

Herr Bovist antwortete: »Das weiß ich! Ludmilla hat eine Woche gelebt. Wie alle Zauberpflanzen. Nur die Zwerge und Flugzeuge, die mit Ludmilla im Gewächshaus standen, sind früher gestorben. Wahrscheinlich auch wegen der Mäuse. Oder wegen der starken Sonne, wer weiß! Manchmal ist es eben so.«

Da war ich aber erleichtert. Ich hatte Ludmilla nicht umgebracht!

»*Stopp!* Was machst du da?«, rief ich.

Herr Bovist schaute erstaunt auf. Ein kleines Messer mit einer schmalen Klinge hing in der Luft.

»Ich rette Ludmillas Samen!«, sagte Herr Bovist.

»Wo sind die denn?«, fragte ich.

»Bei Ludmilla sitzen die Samen in der Samenanlage unter dem Blütenboden. Wie in einem kleinen Säckchen. Ich ritze ihn an und drücke vorsichtig die einzelnen Samen heraus. Eine solche Pflanze hat höchstens sechs Samen. Meistens sogar weniger«, erklärte Herr Bovist.

Er setzte sich ein seltsames Gerät vor die Augen. Richtige Glupschaugen hatte er jetzt! Er beugte sich über Ludmilla. Herr Bovist machte einen winzigen Schnitt mit seinem winzigen Messer. Jetzt drückte er das Säckchen etwas zusammen.

»Eins, zwei, drei, vier, fünf«, zählte ich mit. Fünf Samen flutschten heraus! Ich war richtig stolz auf meine Pflanze. Na ja, eigentlich Herrn Bovists Pflanze.

Sorgfältig legte Herr Bovist die Samen auf ein durchsichtiges Tellerchen.

»Die Samen müssen nun sehr gut durchtrocknen«, erklärte er. »Damit sie nicht schimmeln.«

»Darf ich Ludmilla wieder mit nach Hause nehmen?«, fragte ich den alten Mann.

Er schaute mich mit seinen Rupert-Augen an.

»Sicher!«, sagte er. »Nimm deine Ludmilla wieder mit.«

Ich wickelte den Topf mit der toten Ludmilla in die Zeitung.

»Ich mache uns jetzt noch eine Kanne heiße Schokolade, und danach bringe ich euch zur Mauer«, sagte Herr Bovist.

Anni gähnte.

»Woher weißt du das mit der Mauer?«, fragte ich ihn.

»Ich war euch immer dicht auf den Fersen«, sagte der alte Mann. »Aber gegen Ludmillas Zauber hatte ich keine Chance. Durch die Unsichtbarkeit konntet ihr mir immer entkommen. Aber ich habe es meistens gespürt, wenn ihr unsichtbar herumgeschlichen seid. Und Rupert auch.«

»Wir hatten Angst vor dir!«, sagte ich.

»Und vor Rupert!«, rief Anni.

»Wir konnten ja nicht wissen, dass ihr beide eigentlich ganz nett seid«, sagte ich.

»Ich konnte auch nicht wissen, dass *ihr* eigentlich ganz nett seid. Und vor allem recht vernünftig«, sagte Herr Bovist.

Er hatte uns wieder auf das gemütliche Sofa gesetzt. Aus der Küche schwebte herrlicher Schokoladenduft ins Wohnzimmer. Rupert schnarchte auf dem Blätterteppich. Auch Anni hing ganz schief im Sofapolster. Ich fühlte mich noch recht fit.

»Da schlafen ja schon zwei«, sagte Herr Bovist wenig später, als er die vollen Tassen hereinbalancierte.

Die heiße Schokolade schmeckte hervorragend.

»Eigentlich macht meine Oma die beste heiße Schokolade der Welt. Aber deine ist fast noch ein kleines bisschen leckerer«, sagte ich zu Herrn Bovist.

Da strahlte sein ganzes Gesicht vor lauter Freude.

»Warum ist das mit den Zauberblumen eigentlich ein Geheimnis?«, fragte ich. »Die Pflanzen wären doch für viele Menschen sehr praktisch. Unsichtbar kann man hervorragend Verbrecher jagen. Der Schornsteinfeger könnte mit dem Flugzauber direkt auf jedes Dach fliegen, und die Feuerwehr könnte fliegend Leute aus brennenden Hochhäusern retten.«

Ich hatte noch viele Ideen.

»Stell dir einmal vor, jeder hätte eine Zauberblume wie Ludmilla! Furchtbar! Du wüsstest nie, wer hinter dir steht«, sagte Herr Bovist.

Ich schaute hinter mich. Da war nur die Wand.

»Und stell dir einmal vor, eine Zauberblume gerät dann noch in die Hände eines Fieslings. Der durch die Kraft der Zauberblumen mit seinen Mitmenschen die fiesesten Dinge macht.«

Stimmt, allein in meiner Klasse wüsste ich zwei Kinder, die sich richtig fiese Sachen einfallen lassen würden.

»Ich fände es auch nicht so schön, wenn ich eine Woche lang überall Warzen hätte. Der Zauber ist von Anfang an fies«, stellte ich mal klar.

Ich sagte lieber nicht, dass ich den Warzenzauber am liebsten an Emil ausprobieren wollte.

»Stimmt! Mancher Zauber ist sinnlos«, sagte Herr Bovist lachend.

»Hast du den Warzenzauber getestet?«, fragte ich gespannt.

»Klar!«, antwortete der alte Mann. »Leider! Mein Ge-

sicht war über und über mit Warzen bedeckt. Und da der Zauber auch noch eine Woche anhielt, musste ich das Haus zum Einkaufen verlassen. Rupert und ich hatten schließlich Hunger. Alle Leute starrten mich an, und die Kinder zeigten mit dem Finger auf mich. Sehr unangenehm war das!«

So einen Zauber hatte wahrscheinlich noch nicht einmal Zecken-Emil verdient!

Auf einmal schaute Herr Bovist ganz streng: »Das Geheimnis muss unter uns bleiben. Darauf möchte ich mich verlassen können!«

»Klar!«, sagte ich. Und schlürfte den feinen Kakao. »Auch Anni wird es keiner Menschenseele erzählen. Das kann ich dir versprechen!«

Herr Bovist nickte zufrieden.

Rupert und Anni regten sich nicht.

»Jetzt wecke deine Freundin. Es wird Zeit, dass wir aufbrechen!«, sagte Herr Bovist.

Ich rüttelte Anni. Die wusste erst einmal gar nicht, wo sie eigentlich war. Aber nachdem sie ihre kalte Schokolade getrunken hatte, sah sie schon viel munterer aus.

»Sag mal«, fragte sie Herrn Bovist, »hat Rupert in den letzten Tagen zufällig einen grünen Turnschuh bei sich gehabt?«

Herr Bovist guckte erstaunt. »Also, ich habe keinen Turnschuh gesehen. Rupert läuft lieber barfuß!«

»Hohohooo!«, machte Anni.

Herr Bovist schlüpfte in seinen Mantel.

»Wir können wirklich allein zum Schuppen laufen. Wir haben jetzt Übung!«, sagte ich zu ihm.

»Papperlapapp!«, grummelte Herr Bovist.

Er zog sich seine Stirnlampe über den Kopf und verließ das Häuschen. Rupert und ich folgten ihm, Anni bildete das Schlusslicht. Im Schein meiner Taschenlampe sah es so aus, als wandelte ein Zelt mit weißem Federschmuck auf der Spitze den Tannenweg entlang. Über die Lichtung, am Gewächshaus vorbei und in den Dschungel hinein. Rupert trottete grunzend neben mir her und hob nur ab und zu schnüffelnd den Kopf.

Wenig später lagen Anni und ich auf unserem Nachtlager im Schuppen.

»Vielleicht haben wir alles nur geträumt«, flüsterte Anni.

»Du hast jedenfalls auf Herrn Bovists Sofa geschlafen«, kicherte ich.

»Pah!«, machte Anni.

»Ich bin froh, dass Ludmillas Samen bei Herrn Bovist sind. Wir haben es nicht vermasselt. Alles ist gut!«, sagte ich gähnend.

»Und ich bin froh, dass du meine Freundin bist, Allfarblori«, antwortete Anni und gähnte auch wie verrückt.

Viele kleine Glückskäfer wuselten durch meinen Bauch.

»Ich bin froh, dass *du meine* Freundin bist, schwarzer Panther!«

Knox raschelte.

Endlich schlief der ganze Schuppen.

Die Zauberblumen

Sonntag, 8. Juni

Ludmilla hängt braun und verdörrt in ihrem Topf.

Verschwitzt erwachte ich an diesem Sonntag im Schuppen. Hier drinnen war es heiß wie in einem Backofen. Ich schälte mich aus meinem Schlafsack und stieß die Schuppentür weit auf. Die Sonne knallte ihre Strahlen direkt auf unser Schuppendach.

Anni streckte sich. »Guten Morgen«, sagte sie.

»Weißt du noch, letzte Nacht?«, fragte ich.

»Klar! Das werde ich nicht so schnell vergessen«, sagte Anni.

»Aber ich habe vergessen, Herrn Bovist zu fragen, warum er die Pflanzen züchtet. Und die Leute aus dem *Kreis*.

Ist es einfach ihr Hobby? So wie die Steinesammlung von Jonas?«

»Mhm«, machte Anni. »Keine Ahnung.«

»Ich werde Herrn Bovist fragen«, beschloss ich.

»Aber nicht jetzt! Wir haben ewig geschlafen! Bestimmt sucht uns bald deine Oma«, sagte Anni nach einem Blick auf ihre Armbanduhr. »Außerdem sterbe ich vor Hunger!«

Oma und Opa saßen gerade beim Mittagessen.

»Da sind ja die Langschläfer!«, rief Oma. »Ich war vor Stunden am Schuppen, da habt ihr tief und fest geschlafen. Setzt euch zu uns, ich hole Teller.«

Nach dem Essen mussten wir unsere Mamas anrufen. Oma bestand darauf. Ich fand das doof, denn prompt sagte Renate, dass sie Anni gleich abholen würde. Annis Tante Moni hatte Geburtstag, und sie waren zum Kuchenessen eingeladen.

»Ich dachte, wir besuchen noch mal Herrn Bovist und Rupert«, raunte ich Anni zu.

Es war nichts zu machen, Anni musste zu ihrer Tante Moni.

Oma und Opa machten ihr Mittagsschläfchen.

Ich lief zum Schuppen. Zuerst legte ich Knox einen Brotkrümel vor seinen Eingang. Dann setzte ich mich neben den Schuppen und warf ein paar Steinchen gegen die große Mauer. Eigentlich konnte ich auch allein Herrn Bovist besuchen. Und Rupert.

Es war sehr, sehr anstrengend, die Leiter von den Obstbäumen bis zum Schuppen zu schleifen. Und noch schwieriger war es, das sperrige Ding die Mauer hochzuziehen und auf der anderen Seite wieder runterzulassen.

Ich hüpfte durch den Dschungel. Und über die Lichtung. Im Hopserlauf ging es den Tannennadelweg entlang bis zur Hecke vor Herrn Bovists Häuschen.

Auf der Blumenwiese begrüßte mich ein schwanzwedelnder Rupert. Seine Zunge schlabberte wie ein Waschlappen durch mein Gesicht.

»Wir haben Besuch!«, rief Herr Bovist.

Er freute sich, das merkte ich genau. Ich setzte mich zu ihm auf die Treppenstufe vor dem Häuschen.

»Hast du noch etwas übrig von deinem Kräutertrunk?«, fragte ich ihn.

Mama hätte sich jetzt bestimmt für mich geniert.

»Ja, klar!«, sagte Herr Bovist und verschwand im Haus. Er kam mit einem großen Glas Limonade zurück. Sogar drei Eiswürfel klimperten fröhlich in dem gelbgrünen Getränk.

»Ich dachte, ich besuche euch noch mal«, sagte ich und schlürfte mit dem Röhrchen den letzten Rest Kräuterlimonade.

»Das freut uns auch sehr«, meinte Herr Bovist.

Rupert schleckte über mein Knie.

»Ich habe noch eine Frage«, sagte ich.

»Dann schieß mal los!«, antwortete Herr Bovist.

»Warum züchtest du die Pflanzen? Und deine Mama

oder deine Oma? Ich meine, wenn die Pflanzen und ihre Zauberkraft ein Geheimnis sind und niemals nie jemand außerhalb eures Kreises davon wissen darf, warum züchtest du dann immer weiter die Samen?«

Herr Bovist antwortete nicht sofort. Mit geschlossenen Augen saß er auf der Treppe und hielt sein runzliges Gesicht in die Sonne.

Schließlich räusperte er sich: »Wie ich dir schon erzählte, wird das Wissen über die Pflanzen von Generation zu Generation weitergegeben. Und jeder, der das Familienbuch und die Samen übernimmt, muss sehr gewissenhaft mit den Pflanzen und dem dazugehörigen Wissen umgehen.«

»Was bedeutet das?«, musste ich fragen.

»Man darf die Pflanzenkraft nicht dazu nutzen, um anderen Lebewesen Leid zuzufügen. Unsichtbar könntest du deine Mitmenschen zum Beispiel beklauen. Das ist ein Tabu!«, erklärte Herr Bovist.

»Anni und ich haben unsichtbar Sackers Tortenstücke aufgegessen. Also geklaut!«, erzählte ich erschrocken.

»Na ja, ja!«, sagte Herr Bovist. »Eigentlich sollst du mit der Pflanzenkraft anderen Lebewesen helfen, nicht schaden!«

Ich überlegte. »Weißt du, Trudi ist so dick, dass sie beim

Laufen schnauft wie eine Lokomotive. Vielleicht haben wir ihr geholfen, weil sie jetzt nicht noch dicker wird!«

Herr Bovist lachte. »Vielleicht könnte man es in diesem einen Fall so sehen! Eine Geschichte kann ich dir erzählen: Als ich ungefähr in deinem Alter war, hatte ich einen Freund, den Hans. Sein Vater, der war ein Haudegen. Er soff und prügelte und schrie herum. Hans' ganze Familie litt darunter.«

»Oh! Und was passierte dann?«

»Meine Mutter säte die Samen einer Pflanze und erntete die violetten Blüten. Mit den getrockneten und zerkleinerten Blütenblättern buk sie leckere Kekse und gab sie Hans' Mutter. Der Vater meines Freundes bekam von seiner Frau jeden Tag einen Keks zu seinem Tässchen Kaffee.«

»*Und?*«

»Sanft wie ein Lämmchen war er, solange er täglich einen Keks meiner Mutter aß!«

»Also darf man die Pflanzenkraft schon nutzen! Zum Helfen!«, stellte ich zufrieden fest.

»Ja!«, antwortete Herr Bovist. »So musst du dir das vorstellen. Früher habe ich Leuten geholfen. Heute bin ich lieber in meinem Garten und bei meinen Pflanzen. Ich bewahre einfach nur mein großes Familienerbe.«

»Aber es ist traurig, niemandem zu helfen, obwohl man

es vielleicht könnte! Hilft Gunnar denn mit seinen Zauberpflanzen?«, fragte ich.

Herr Bovist strich seine Haare glatt. »Um ehrlich zu sein, bin ich mir bei Gunnar nicht so sicher. Ich weiß nicht, was er so treibt. Und was er später mit meinen Samen anstellen wird. Aber nachdem ihr in meinen Garten eingedrungen seid, musste ich schnell handeln und rief Gunnar zu Hilfe!«

»Und jetzt gibst du ihm deinen großen Familienschatz?«, fragte ich.

»Aber du weißt doch, dass ich keine Kinder und Enkelkinder habe! Mir bleibt überhaupt nichts anderes übrig, als alles Gunnar zu vererben. Ich habe keine Wahl, sonst ist mein Lebenswerk verloren!«, sagte Herr Bovist und raufte sich die Haare.

»Schade, dass du nicht mein Opa bist«, sagte ich. »Oder Annis. Dann wäre nicht alles verloren!«

Ich kraulte Ruperts Ohren.

Jetzt saß Herr Bovist ganz still auf der Treppe. Und guckte in den Himmel. Ich konnte sein fluffiges Haar anschauen. Selbst aus seiner Nase und seinen Ohren lugten ein paar weiße Haare heraus. Er sah überhaupt nicht wie eine Krähe aus. Eher wie ein Uhu. Ein großer, schlauer Uhu.

»Komm mal mit!«, rief Herr Bovist plötzlich.

Er lief mit großen Schritten zum kleinen Arbeitshäuschen. Rupert und ich trabten hinterher. Im hinteren Zimmer kruschtelte Herr Bovist in seinem riesigen Schubladenschrank herum.

»Wo sind die denn nur?«, murmelte er immer wieder.

Ich kraulte Ruperts struppiges Fell.

Schließlich rief er: »Da seid ihr ja!«

Er hielt ein braunes Tütchen in der Hand.

»Drei Samen sollten fürs Erste reichen«, sagte Herr Bovist.

»Sind das die Samen, die du dem Langen geben willst?«, fragte ich.

»Mal schauen. Wie du schon weißt, ist das mit Gunnar so eine Sache! Und manchmal ändern sich die Dinge im Leben ganz plötzlich. Vielleicht gebe ich Gunnar die Samen doch nicht, wer weiß!«

Aha!

»Ich zeige dir jetzt, wie man die Samen richtig pflanzt.«

»Du wolltest doch keine Samen mehr in dein Gewächshaus pflanzen«, erinnerte ich ihn.

»Das war gestern«, trällerte Herr Bovist vergnügt.

Herr Bovist marschierte los. Durch das Tannenwäldchen und über die Lichtung zum Gewächshaus. Rupert und ich liefen hinterher.

»Nimm dir eine kleine Schaufel vom Regalbrett«, ordnete Herr Bovist an.

Dann zeigte er mir, wie ich die zerwühlten Maulwurfshügel wieder in Form bringen konnte.

»In meiner Garten-AG ziehen wir zum Säen lange Furchen«, sagte ich.

»Die Mäuse brauchen länger, wenn sie Hügel erklimmen müssen«, antwortete Herr Bovist.

»Wenn du willst, können Anni und ich dir helfen, das Gewächshaus zu reparieren. Damit keine Mäuse reinkommen und die Zauberblumen auffuttern«, schlug ich vor.

»Das ist eine hervorragende Idee!«, antwortete Herr Bovist fröhlich.

Anschließend bohrte ich mit dem Stiel der Schaufel ein Loch in jeden Hügel. Schön sah das aus, wie Vulkane.

»Jetzt legst du in jedes Loch einen Samen.« Herr Bovist reichte mir das Tütchen. »Zum Schluss füllst du das Loch wieder mit Erde auf, bis du einen schönen kleinen Hügel vor dir hast.«

Ich durfte die Hügel auch noch gießen.

»Wo sind die Schildchen?«, fragte ich nach dem Gießen.

»Wir brauchen keine Schildchen. Diese Pflanzen kenne ich in- und auswendig.« Herr Bovist klopfte sich zufrieden die Erde von den Händen.

»Und welche Zauberkraft werden die Pflanzen haben?«, fragte ich gespannt.

»Das verrate ich dir noch nicht«, sagte Herr Bovist.

Seine Stimme klang sehr geheimnisvoll. Erst wollte ich ein bisschen quengeln. Aber bei dem alten Mann traute ich mich nicht so recht.

»Woher hast du eigentlich diesen großen Garten?«, fragte ich lieber. »Er ist so wunder-, wunderschön! Ein richtiger Zaubergarten!«

Herr Bovist breitete seinen Mantel auf der Wiese vor dem Gewächshaus aus und setzte sich umständlich darauf. Dann klopfte er neben sich.

»Setz dich«, sagte er. »Ich erzähle dir eine Geschichte.«

Ich kuschelte mich an Rupert, und Herr Bovist legte los:

»Meine Vorfahren kommen ursprünglich aus einem anderen Land. Eines Tages bekam mein Opa die Nachricht, dass er hier ein Stück Land geerbt hatte. Meine Großeltern staunten nicht schlecht. Und freuten sich aus zweierlei Gründen sehr über diese Erbschaft. Zum einen herrschten in ihrer Heimat starke Unruhen, und keiner wusste, wie lange es noch Frieden geben würde. Zum anderen hatten die Menschen ihres Heimatdorfes bemerkt, dass die Familie Bovist eine außergewöhnliche Pflanzenzucht auf ihrem Grundstück unterhielt. Die Nachricht von den Pflanzen mit den unglaublichen Kräften verbreitete sich in Windeseile und weit über die Dorfgrenzen hinaus. Von allen Seiten wurde meine Familie bedrängt. Jeder wollte eine Zauberpflanze besitzen. Manche Menschen schreckten noch nicht einmal vor Diebstahl zurück! Das Familiengeheimnis war in Gefahr! Also packten meine Großeltern ihr Hab und Gut zusammen und zogen in das fremde Land. Ihr Erbe bestand aus Wiesen und Feldern und einem kleinen Bach. Ein Haus gab es nicht. Da bauten meine Großeltern ein kleines Haus und bepflanzten ein paar Felder. Doch in der kleinen Stadt am Rande der Wiesen und Felder meiner Großeltern gab es viele Neidhammel. Sie wollten nicht, dass es einem Zugezogenen so gutging. Einem Ausländer, der noch nicht mal die Sprache der Städter sprach. Und eines Nachts kamen ein paar Männer zu dem Häuschen und zündeten es an. Meine Großeltern konnten sich und ihre Tochter retten, doch das Haus brannte ab. Mein Großvater war so wütend, dass er aus unzähligen Steinen, die er von überall her zusammensuchte, eine riesige Mauer um sein gesamtes Grundstück baute. Er wollte zudem na-

türlich seine Familie schützen. Er brauchte Jahre, um die Mauer fertigzustellen. Von einem Schmied ließ er ein großes Tor anfertigen, und das gesamte Grundstück bewachten drei große, wilde Hunde. Kein Mensch traute sich jemals wieder auf den Besitz meiner Großeltern.«

Atemlos fragte ich: »Und was passierte dann?«

»Schließlich starb mein Großvater, und meine Großmutter blieb mit meiner Mutter zurück. Sie pflanzte Heilkräuter an und verkaufte sie auf den Märkten in der Umgebung. Aber niemals auf dem Markt in dieser Stadt. Und sie kümmerte sich um ihre Zauberpflanzen. Dieses Wissen gab sie an meine Mutter weiter. Und meine Mutter brachte mir alles bei.«

Ich fragte: »Und warum kennen dich die Leute hier im Viertel immer noch nicht? Wie meine Tante Ilse? Wo du doch schon so lange hier lebst?«

»Tja!«, sagte Herr Bovist. »Als ich klein war, gab es hier noch keine anderen Häuser. Ich musste auf einem Feldweg in die Stadt laufen. Dort ging ich auch zur Schule. Ich hatte nur einen Freund, eben den Hans. Die anderen Leute fanden uns komisch, und wahrscheinlich verhielten wir uns auch etwas seltsam. Meine Mutter ging nur selten in die Stadt. Und Besuch bekamen wir nur von den Leuten des *Kreises*. Wer mein Vater ist, weiß ich nicht, und als meine Mutter verstarb, da war ich gerade zwanzig Jahre alt. Um mich herum wurden immer mehr Häuser gebaut. Und Straßen. Aber das interessierte mich nicht besonders hinter meiner Mauer. Außer zu den Gleichgesinnten vom *Kreis* wollte ich keinen Kontakt nach draußen. Die Gerüchte über mich und meinen Garten kamen mir sogar sehr gelegen. Keiner traute sich auf mein Grundstück, und so konnte niemand hinter mein Geheimnis kommen. Ich baute ein Gewächshaus in meinen Garten und züchtete wie verrückt Zauberpflanzen. Und natürlich testete ich sie auch.«

»Nur in deinem Garten?«, fragte ich gespannt. »Damit dich keiner sieht?«

»Hauptsächlich in meinem Garten«, antwortete Herr Bovist. »Aber ein Mensch hat mich trotzdem einmal gesehen. Ich testete gerade die Wirkung einer Pflanze, die mich über und über mit Haaren bedeckte. Ich sah aus wie ein Gorilla. Leider schaute dein Opa gerade dann über die Mauer, als ich haarig über das Grundstück rannte und nach Rüdiger, meinem damaligen Kater, suchte. Als ich deinen Opa da oben sah, schrie ich vor Schreck auf, und er stürzte ab. Der Vorfall tut mir bis heute leid!«

So war das also!

»Das mit deinem Opa ist jetzt ungefähr vierzig Jahre

her. Seitdem lasse ich die Büsche und Bäume wachsen und wuchern. Bis auf die beiden Lichtungen, die bleiben frei!«

Herr Bovist, Rupert und ich blieben noch eine Weile auf dem alten Mantel sitzen. Die Bienen summten und Rupert schnarchte.

Irgendwann sagte Herr Bovist: »Es ist schon spät!«

Das stimmte! Ich flitzte schnell nach Hause und rief Anni an. Glücklicherweise war Tante Monis Kaffeeklatsch auch schon vorbei.

Ausführlich erzählte ich meiner Freundin Herrn Bovists spannende Geschichte.

»Es ist doch unglaublich, was man alles verpasst, wenn man mit Tante Moni Geburtstag feiern muss«, sagte Anni.

Montag, 9. Juni

Ludmilla zerbröselt zwischen meinen Fingern.

Ich werde sie heute beerdigen.

»Heute müssen wir Ludmilla beerdigen!«, sagte ich an diesem Montag in der großen Pause zu Anni.

»Potz Blitz! Ich habe heute Mittag einen Zahnarzttermin. Da lässt mich Mama nie und nimmer zum Schuppen gehen!« Anni guckte entsetzt.

Ich war ein bisschen sauer: Gestern Tante Moni, heute Zahnarzt! Und im Schuppen lag die tote Ludmilla! Aber Anni konnte ja nichts dafür.

»Du beerdigst Ludmilla einfach ohne mich. Und ich schaue mir das Grab morgen an«, schlug Anni vor.

Fast hätte das mit der Beerdigung nicht geklappt. Wegen Mama.

»Tilda-Schatz, irgendwann müssen wir das Kleid kaufen gehen, Anitas Hochzeit ist schon in drei Wochen«, sagte Mama nach dem Mittagessen. »Und heute hätte ich etwas Luft.«

»Dann geh doch mit Finn und Jonas etwas Schickes kaufen. Ich helfe heute Oma.«

Fast hatte ich ein schlechtes Gewissen wegen der ganzen Flunkerei. Ich konnte Mama jedoch kaum von der bevorstehenden Beerdigung erzählen.

Die Zwillinge guckten böse. Aber Mama fand meinen Plan richtig gut.

Vor der Beerdigung musste ich leider noch Hausaufgaben machen. Ich knobelte gerade an einer Sachaufgabe herum, als sich schon wieder Finn auf mein Bett warf. Er stützte seinen Kopf auf und starrte mich an.

»Musst du keine Hausaufgaben machen?«, fragte ich.

»Heute ist Jonas dran!«, sagte Finn. »Ich versuche in der Zeit herauszufinden, was Herr Bovist, Anni und du in seinem Garten so macht.«

Na bravo!

Ich knobelte einfach weiter.

»Also, schieß los. Was habt ihr entdeckt?«, drängelte er.

Ich holte tief Luft: »Also gut! Ihr dürft es aber keiner Menschenseele verraten. Auch nicht Mama.«

Ich guckte ganz streng. Wie Herr Bovist.

»Jetzt erzähl schon!«, quengelte Finn.

»Herr Bovist züchtet die *schönsten* und *ausgefallensten* Blumen, die du je gesehen hast. Er ist einer der besten Blumenzüchter des Landes. Sogar Preise hat er schon gewonnen! Er züchtet immer neue Sorten. Echt toll!«

»Aha! Das ist alles?«, fragte Finn.

Seine Augenbrauen verschwanden unter seinen Haaren. Er glaubte mir noch nicht ganz.

»Was heißt hier *alles*! Solche Blumen hast du noch nicht gesehen. Die eine schillert in den tollsten Pink- und Lilatönen. Jedes einzelne Blütenblättchen hat einen anderen Ton. Und eine andere Blume hat Tausende kleine orangegelbe Glöckchen …«

»Jaja!«, unterbrach mich Finn. »Und was macht er mit dem Geblümel?«

»Was soll er damit machen?«, fragte ich. »Sie sind einfach schön. Und manchmal macht er eben bei einem Wettbewerb mit. Und gewinnt einen Preis! Die Pflanzen

lassen sich dann zu besonders guten Preisen an andere Züchter verkaufen!«

Finn zappelte auf dem Bett herum. Ihm wurde schon etwas langweilig.

»Anni und ich hatten etwas Angst vor Herrn Bovist. Deshalb sind wir heimlich in seinem Garten herumgeschlichen. Aber inzwischen weiß ich, dass er eigentlich ein ganz netter alter Mann ist. Etwas wunderlich vielleicht!«

Finn setzte sich auf.

»Jungs!«, rief Mama die Treppe hoch. »Seid ihr mit den Hausaufgaben fertig? Können wir los?«

»Und wegen so popeligen Blumen macht ihr so ein Tamtam?«, motzte Finn. »Doofe Puten!«

»Wehe, du verpetzt uns! Dann verrate ich, dass du als Erster in den verbotenen Garten geklettert bist«, drohte ich. »Jonas und du, ihr bekommt dann genauso Schuppenverbot!«

»Glaubst du im Ernst, dass ich wegen ein paar Blumen in pink und lila Mama auf den Plan rufe? Nachher streicht sie mir noch die Fußballwoche in den Sommerferien!«

Die Tür knallte hinter ihm zu. Und ich grinste wie das Glücksschwein auf meiner letzten Geburtstagskarte.

Wenig später stand ich bei Oma in der Küche. Sie hatte ihre Rüschenschürze umgebunden.

»Hallo, Oma! Ich helfe dir gleich beim Backen. Ich muss nur noch schnell was beim Schuppen erledigen«, sagte ich.

Oma guckte erstaunt. Dann freute sie sich.

»Hilfe kann ich immer gut gebrauchen«, sagte sie.

Beim Schuppen musste ich erst einmal die richtige Stelle für ein Grab finden. Mit Opas großem Spaten buddelte ich ein Loch direkt an der Mauer. Das war anstrengend.

»Ich kann dir leider nicht beim Graben helfen«, sagte eine Stimme hinter mir.

Anni! Wie war ich froh.

»Mama musste einen Notdienst im Krankenhaus übernehmen. Ich sollte allein zum Zahnarzt. Aber ich finde, eine Beerdigung geht vor!«

Ich umarmte Anni ganz fest. Sie ist wirklich eine tolle Freundin.

Die tote Ludmilla steckte in einer von Mamas geblümten Geschenktüten. Diese Tüte versenkten wir jetzt feierlich in dem Loch. Traurig sah die schöne Tüte da unten aus. Noch trauriger wurden wir, als ich die Erde hinter-

herwarf und das glänzende Blumenmeer immer staubiger wurde und dann ganz verschwunden war.

»Arme Ludmilla!«, sagte ich und schniefte.

Aus zwei Stöckchen und meinem Haargummi bastelte ich ein Kreuzchen und rammte es in die lockere Erde. Nicht schlecht. Aber es fehlte noch etwas Farbe. Ich sauste in Opas Rosengarten und zwackte eine pinke Rose ab. Blaue Rosen gibt es ja leider nicht. Jetzt sah Ludmillas Grab wunder-, wunderschön aus.

Im Schneidersitz hockten wir uns davor.

»Hallooo! Darf ich einen Moment stören?«

Ich schaute mich erschrocken um. Kein Mensch weit und breit.

»Ich bin hier oben!«, rief Herr Bovist.

Tatsächlich! Herr Bovist schaute über die Mauer. Seine Frisur stand heute besonders wild in alle Richtungen ab.

»Ihr seht aber traurig aus«, stellte Herr Bovist fest.

»Wir haben gerade Ludmilla beerdigt«, erklärte ich. »Die Beerdigung hast du verpasst. Aber wenn du rüberkommst, kannst du dir ihr Grab anschauen.«

»Leider kann ich nicht kommen, meine Leiter ist etwas zu kurz und etwas zu wackelig für mein Alter.« Herr Bovist klammerte sich an der Mauer fest.

Wouuu!, machte es auf der anderen Seite der Mauer.

»Haaallooo, Rupert!«, rief ich.

Herr Bovist räusperte sich. »Hört mal, ihr Mädchen, ich wollte euch um etwas bitten. In einer dringenden Angelegenheit.«

Oha!

»Ich muss verreisen. Wie gesagt, in einer sehr, sehr dringenden Angelegenheit. Es geht nicht anders. Und ich kann Rupert nicht mit auf diese Reise nehmen. Es wäre für ihn zu beschwerlich. Bei dieser Hitze. Könntet ihr zwei Tage nach ihm schauen und ihm sein Futter geben?« Herr Bovists Fingerknöchel waren vom Festklammern schon ganz weiß.

»Klar kümmern wir uns um Rupert!«, rief ich die Mauer hoch.

»Klar wie Klößchenbrühe!«, murmelte Anni.

»Ihr seid tolle Kinder«, sagte Herr Bovist. »Ich habe euch hier das Wichtigste aufgeschrieben!«

Er warf eine Papierrolle zu uns nach unten.

»Habt vielen Dank! Bis in ein paar Tagen«, sagte Herr Bovist.

Jetzt war nur noch sein Kopf zu sehen.

»Moment!«, rief er plötzlich. »Hattet ihr nicht einen Turnschuh gesucht? Rupert hat vorhin einen ausgebuddelt. In dem Blumenbeet vor dem Haus!«

Herr Bovist hielt einen braun verklumpten Schuh in die Höhe. Ich erkannte die pinken Schnürsenkel. Eindeutig Annis Turnschuh.

Herr Bovist warf uns den Schuh zu und winkte noch mal freundlich. Dann lugte nur noch das Haarbüschel über die Mauer. Und schließlich war er verschwunden.

»Auf Wiedersehen, Herr Bovist! Und komm heil wieder!«, rief ich.

Das sagte Mama immer zum Abschied.

Anni beäugte den verdreckten Schuh.

»Siehst du!«, schimpfte sie. »Deshalb gehe ich Hunden aus dem Weg: Entweder beißen sie mich oder sie verbuddeln meinen Besitz!«

»Den musst du nur unter den Gartenschlauch halten. Außerdem hat Rupert wahrscheinlich gedacht, du schenkst ihm deinen wunderschönen Schuh.«

»Pah!«, machte Anni.

Ich setzte mich ins Gras. Die Papierrolle war mit einer großen Schleife zusammengebunden. Sie sah aus wie ein Geschenk. Vorsichtig löste ich das Band und entrollte das Papier.

Liebe Matilda, liebe Annemarie!
Ich werde für ein paar Tage verreisen, um Gunnar zu besuchen. Mir ist klar geworden, dass ich ihm mein Erbe nicht überlassen kann. Gunnar interessiert sich ausschließlich für meine Samen und das Familienbuch – und für sich selbst. Mein Garten, meine Häuschen und vor allem Rupert liegen ihm überhaupt nicht am Herzen. Und als ich die Hoffnung schon fast aufgegeben und mich mit Gunnar abgefunden hatte, habe ich doch noch zwei wundervolle, schlaue Mädchen kennengelernt, denen ich mein ganzes Wissen und meinen Garten anvertrauen kann. Ja, ich bin mir sicher, dass Ihr gut auf meine Pflanzen achten und ihre Fähigkeiten richtig einsetzen werdet. Und eines Tages werdet Ihr die phantastischsten Pflanzen züchten. Bis dahin ist es noch ein weiter Weg, und genau deswegen fangen wir gleich nach meiner Rückkehr mit dem Unterricht an! Ich

danke Euch, Matilda und Annemarie, dass Ihr in meinen Garten gestolpert seid.

Es grüßt Euch
Euer Konrad Bovist

Ich rollte den Brief wieder zusammen und verschnürte ihn ordentlich mit der schönen Schleife.

Mama hatte tatsächlich recht behalten: Ich hatte eine neue Freundin gefunden und mit ihr das beste und größte aller Abenteuer erlebt. Irgendwie hatte ich auch endlich einen Hund. Keinen klitzekleinen wie der neben meiner Palme auf meinem Dschungelbild. Sondern einen riesigen, haarigen, verfressenen und sehr, sehr lieben Rupert. Und nicht zu vergessen Herrn Bovist, den Fast-Zauberer.

Im Gewächshaus wachsen bald drei Pflänzchen heran. Wahrscheinlich werden sie nicht so wunderschön wie meine Ludmilla. Welche Zauberkraft sie haben werden, kann ich auch noch nicht sagen. Aber ganz bestimmt wartet da ein neues Abenteuer auf mich und meine Freundin! Aber das ist eine andere Geschichte! Und wenn sie genauso unglaublich wird wie diese, dann schreibe ich sie auch wieder auf. *Versprochen!*

Leseprobe

Nelly Möhle

Der Zaubergarten

Abenteuer können fliegen

Ab Herbst 2019 in deiner Buchhandlung!

KJB

Ich glaube, der Dschungel in Herrn Bovists Garten wächst jeden Tag ein riesiges Stück. Und wird jeden Tag noch grüner. Alle Äste wachsen ineinander und umeinander wie sich umschlingende Arme. Und die Baumriesen tragen hübsche Kleider aus Blättern und Nadeln und Efeu und Moos. Aus der Erde kriechen immer mehr Baumkinder hervor und versperren die wenigen Lücken, durch die wir uns durchzwängen können. Auch an diesem Tag zerzausten uns die Bäume und Büsche ordentlich. Ich freue mich immer, wenn der Dschungel mich wieder ausspuckt und ich auf der geblümten Lichtung stehe, wo das Gewächshaus in der Sonne funkelt wie Mamas Festtagsohrringe.

Anni und ich hüpften über die krümeligen Maulwurfhügel zur Gewächshaustür. Den Schlüssel hatte Herr Bovist für uns unter einem herzförmigen, mit einem Moosteppich bewachsenen Stein direkt an der Glastür versteckt.

»Potz Blitz!«, rief Anni. Und verschluckte sich an einem Kirschkern.

Und da sah ich sie auch: Drei Blumen standen prachtvoll auf ihren Hügeln.

»Wie wunder-, wunderschön ihr seid!« Ich kniete mich vor das Beet.

Die mittlere Blume hatte ihre Knospe gerade geöffnet. Mehrere orangefarbene Blütenblätter schauten heraus.

»Das ist die Flugblume!«, rief Anni.

»Neee«, sagte ich. »Die Flugblume hatte viele kleine orangefarbene Blüten. Und die Blüten sahen aus wie Schneeglöckchen. Diese Blume hier hat nur eine große Blüte.«

»Pah!«, machte Anni. »Eine Blüte oder fünf Blüten ist doch völlig egal. Sie ist orange wie die Flugblume, und ich will unbedingt wieder fliegen.«

Ehrlich, ich versuchte *wirklich*, Anni vom Riechen abzuhalten. Aber sie tauchte so blitzschnell ihre Nase in die orangefarbenen Blättchen, dass ich nicht einmal mehr *Stopp* rufen konnte.

Anni breitete die Arme aus und stieß sich vom Boden ab. Aber sie flog kein bisschen. Stattdessen hüpfte sie wie ein Flummi durch das Gewächshaus. Hoch und runter, hoch und runter. Ihre Haare wehten, die Kirschen rutschten von den Ohren, und ihr Kleid bauschte sich bei jedem Hopser auf wie ein Fallschirm. Ich konnte beim Landen

ihre Unterhose sehen. Und – *schwupps* – kam der nächste Sprung.

»Oahhh!«, machte Anni und versuchte, mit den Armen die Balance zu halten. Ganz klar, sie konnte nicht mit dem Hopsen aufhören.

Ich rappelte mich auf und flitzte hinter ihr her. Aber ich bekam ihr Kleid nicht zu fassen.

Boing, boing, boing! Anni plättete mit jedem Hopser einen der vielen Maulwurfhügel im Gewächshaus.

»Stopp!«, brüllte ich.

»Geht nicht!«, brüllte Anni.

Der nächste Sprung machte eines der drei Pflänzchen platt, die ich vor zwei Tagen mit Herrn Bovist gepflanzt hatte.

Jetzt konnte ich überhaupt nichts mehr sagen. Stumm zog ich die Reste aus dem platten Hügel. Die Blüte war total zermatscht.

Boing, boing, boing hüpfte Anni vorbei.

»Ich glaube, ich bin ein Känguru!«, rief sie.

In meinem Bauch tobte ein wütender Bär. Ein Eisbär – das sind die gefährlichsten überhaupt!

Annis Kopf war rot wie ihr Kleid. Die Haare um das Gesicht klebten an der verschwitzten Stirn. Und sie keuchte wie Bärbels Hund, kurz bevor er gestorben ist.

»Mann, ist das anstrengend! Kannst du mich vielleicht mal festhalten? Bitte!«, rief sie.

Mein wütender Eisbär packte sie am Bein. Es fühlte sich an, als ob Anni an einem gespannten Gummiseil an der Gewächshausdecke hing. Und wenn ich sie losließe, würde Anni mit Karacho gegen die Glasdecke wummern.

»Tja, äh«, sagte Anni außer Atem. »Es ist tatsächlich keine Flugblume. Wer hätte das gedacht!«

Ich hätte sie gerne ganz, ganz böse angeguckt. Aber das ging nicht, weil ich an ihrem Bein hing und mein Kopf unter ihrem roten Kleid steckte.

»Was ist das für eine Zauberblume, die ich da totgehüpft habe?«, rief Anni zu mir runter.

»Woher soll ich das wissen?«, rief ich unter dem Kleid hervor. »Herr Bovist wollte mir nichts verraten!«

Anni sagte: »Siehst du, jetzt kennen wir wenigstens die eine Zauberblume. Die mit dem Känguru!«

Wouw!, machte es hinter uns.

Vor Schreck stieß Anni sich mit aller Kraft vom Boden ab. Und ich ließ ihre Beine los. Sofort setzte die Hüpferung wieder ein. *Boing, boing, boing* hüpfte sie durch das Gewächshaus.

»Rupert!«, rief ich glücklich.

Der graue Riesenhund kam zu mir und setzte sich. Ich umarmte meinen Lieblingshund. Und kraulte seinen langen Kinnbart. Das mag er am allerliebsten.

Zusammen schauten wir Anni zu. Kreuz und quer hüpfte sie durch das Gewächshaus. Die meisten Maulwurfhügel waren schon platt. Wenn sie in unsere Nähe kam, gab ich ihr einen Schups. Damit sie nicht auch noch die restlichen Zauberblumen zerquetschte.

Aber dann hatte ich die Nase voll.

»Hüpf mal nach draußen!«, rief ich.

Wir hatten nicht ewig Zeit. Wir mussten Herrn Bovist retten. Und Rupert füttern.

Anni hüpfte zur Tür.

»Die Tür ist zu klein!«, rief sie.

Also hängte ich mich wieder an ihre Beine.

Und Rupert schleckte den Kirschsaft von Annis Kleid.

»Iiihhh!«, rief Anni. »Du oller Wurstschädel!«

Bei dem Gezappel konnte ich sie nicht mehr halten. Ein Monsterhüpfer schleuderte Anni aus dem Gewächshaus. Als feuerrotes Känguru hopste sie über die Wiese davon.

»Das hast du gaaanz fein gemacht«, sagte ich zu Rupert und tätschelte seinen Kopf. »Und jetzt gibt es Fressen.«

Rupert grunzte zufrieden. Aber zuerst schauten wir uns

noch einmal die beiden Zauberblumen an. Die orangefarbene wippte freundlich mit dem Kopf.

Die Blüte der anderen Pflanze war hubbabubbarosa. Und hatte winzig kleine Blütenblättchen. So hübsch war die.

»Aber riech ja nicht an der Blüte, Rupert!«, warnte ich meinen Freund.

Anni war verschwunden.

»Such, Rupert! Wo ist Anni!«, sagte ich deshalb zu Rupert.

Aber Rupert hatte keine Lust. Klar, wenn ich Hunger habe, finde ich auch nichts lustig.

»Aaanni!«, rief ich.

Keine Antwort. Jetzt musste ich mich aber erst einmal um Rupert kümmern. Anni würde uns schon finden. Wir liefen durch das Tannenwäldchen und überquerten die Blumenwiese, auf der das kleine Hexenhäuschen von Rupert und Herrn Bovist steht.

Herr Bovist hatte die Hintertür extra für Rupert offen stehen lassen. So konnte er rein und raus, wie er wollte.

»Und sein Geschäft erledigen«, hatte Herr Bovist gesagt.

In der Küche fand ich die Dose mit dem Hundefutter sofort. Herr Bovist hatte sie auf den kleinen Küchentisch

gestellt. Und er hatte einen grünen Zettel an die Dose geklebt. Darauf stand: *Rupert = 1 Becher*.

Rupert winselte und stupste mich an.

»Ich beeile mich ja!«, sagte ich.

Viel mehr konnte ich nicht sagen. Ein übler Gestank wehte mir aus der Dose entgegen. Und es ist nicht einfach, zu sprechen und gleichzeitig durch den Mund zu atmen. Wenn man nur durch den Mund atmet, riecht man nicht so viel Gestank. Den Trick habe ich von Emil. An unserem Gruppentisch sitzt nämlich außer Emil, Anni und mir noch ein Junge. Der Niklas. Und der muss immer ganz viel pupsen. Weil er zu Hause so viele Körner essen muss, sagt er. Da kommen manchmal so fiese Stinkewellen zu uns geweht, dass Frau Wonnemeier ganz schnell alle Fenster aufreißen muss. Auch im Winter. Aber gut.

Ich kippte einen Becher Stinkereien in Ruperts roten Napf. Rupert schlürfte und schmatzte. Da konnte ich bei dem Gestank nur staunen. Aber wenn man nur einmal am Tag Essen bekommt, stört einen so eine Stinkerei vielleicht gar nicht.

»Tilda!«, kam es von draußen.

Am Küchenfenster erschien Annis roter Kopf. *Boing, boing, boing!*

Ich setzte mich auf die Stufe vor der Hintertür und schaute Anni beim Hüpfen zu.

»So viel Sport am Stück habe ich noch niemals nie gemacht«, rief sie japsend und wischte sich mit ihrem Kleid über das Gesicht.

»Anni«, sagte ich. »Als Känguru bist du gerade keine große Hilfe.«

»Weißt du was?«, rief Anni keuchend. »Das Känguru sieht gerade eine wunderhübsche Dose. Direkt über dir in der Regenrinne.«

Ich sprang auf. Und versuchte, an die Regenrinne zu kommen. Aber da war nichts zu machen.

»Bahn frei!«, rief Anni.

Boing, boing, boing hüpfte sie mit einer riesen Hüpferung am Dach entlang. Es dauerte etwas, bis die Sprünge die perfekte Höhe hatten. Aber Anni war schon ziemlich gut geworden als Känguru. Endlich konnte sie die Dose packen.

»Da!«, rief sie, und die Dose landete im Gras vor meinen Füßen.

Grün schillerte sie in der Sonne. Ich hatte einmal einen Käfer gefunden, der genauso grün geschillert hatte.

Vorsichtig hob ich die Dose auf.

»Und?«, rief Anni.

»Eine Tüte!«, sagte ich und zog sie heraus. Sie war durchsichtig. Und in der Tüte steckte ein sehr, sehr großer und pechschwarzer Schlüssel.

»Der ist ganz schön schwer«, stellte ich fest.

Anni hüpfte auf und ab. Auf und ab.

Rupert kam aus der Küchentür und rülpste. Und schnupperte an dem Schlüssel. Dann wedelte er mit dem Schwanz und lief schnurstracks davon. Durch das blumige Gras direkt zum winzigen Arbeitshäuschen.

Da wusste ich Bescheid.

»Rupert, du feiner Hund!«, rief ich und flitzte hinter ihm her.

Der Schlüssel passte perfekt in das Schloss der Tür zum kleinen Arbeitshäuschen. Knarzend öffnete sich die Tür.

Erscheint bei FISCHER KJB

Hedderichstraße 114, 60596 Frankfurt am Main
Dieses Werk wurde vermittelt durch die
Michael Meller Literary Agency GmbH, München
ISBN 978-3-7373-4143-1

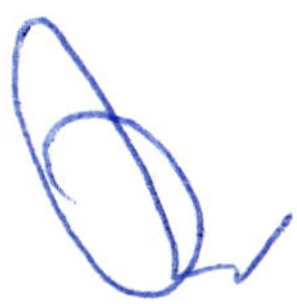